U0457516

琅嬛奇珍

詩外傳

［漢］韓嬰 撰

中國書店

圖書在版編目（CIP）數據

詩外傳 /（漢）韓嬰撰. — 北京 ：中國書店，2021.5

（琅嬛奇珍叢書）

ISBN 978-7-5149-2748-1

Ⅰ. ①詩… Ⅱ. ①韓… Ⅲ. ①《詩經》－詩歌評論 Ⅳ. ①I207.222

中國版本圖書館CIP數據核字(2021)第040348號

詩外傳

[漢] 韓嬰 撰

責任編輯：劉深

出版發行：中國書店

地　　址：北京市西城區琉璃廠東街115號

郵　　編：100050

印　　刷：藝堂印刷（天津）有限公司

開　　本：787毫米×1092毫米 1/16

版　　次：2021年5月第1版 2021年5月第1次印刷

印　　張：23

書　　號：ISBN 978-7-5149-2748-1

定　　價：195.00元

内容提要

《詩外傳》（又稱《韓詩外傳》），十卷，漢韓嬰撰。明沈辨之野竹齋刻本。半頁九行，行十七字，白口，左右雙邊，單魚尾。

韓嬰，生卒年不詳，西漢燕人。漢文帝時爲博士，景帝時爲常山太傅。韓嬰博學聰敏、能言善辯，漢武帝時曾召其與董仲舒在朝廷中辯論學術，董仲舒竟也無法駁倒他。韓嬰對《詩經》頗有研究，曾著《韓詩故》《韓詩内傳》《韓詩外傳》《韓詩説》，如今僅有《韓詩外傳》傳世。

沈辨之，生卒年不詳，字與文，號姑餘山人，明嘉靖年間吴郡人。明代藏書家、刻書家。家富藏書，有藏書樓名爲『野竹齋』，多收藏經史之書。其又開辦刻書鋪，嘉靖年間曾刻印葛洪《西京雜記》、韓嬰《詩外傳》、唐順之《唐荆川集》、范梈《詩學禁臠》、李昉《太平廣記》等，又因刻印董仲舒《春秋繁露》而將其刻書堂命名爲『繁露堂』。沈辨之所刻之書，紙墨均爲上品，收藏和刻印之書上印有『吴門世儒家』『野竹齋』『吴郡沈辨之野竹齋校雕』等。沈辨之著有《畫志》一卷，今藏于中國國家圖書館。

本書引用古事古語來宣揚儒家思想，而并非是對《詩經》的注釋，只是引《詩》來印證古事。本書共十卷，每條古事的結尾均以一句《詩經》中的文句作爲結論，其與古事内容相呼應，用以輔證古事或觀點。如書中卷一有引『詩曰夙夜在公實明不同』『詩曰雖速我訟亦不爾從』『詩曰南有喬木不可休思漢有游女不可求思此之謂也』等。卷首有至正十五年（一三五五）龍集乙未秋八月曲江錢惟善序，序中對韓詩進行了介紹及評價，稱其『文辭清婉有先秦風』。

此書版心處印有『詩外傳』及卷次，錢序首頁版心下方印有『王良智刻』。鈐有『吴江史氏貞耀堂圖書』『松陵史蓉莊藏』『曾在周叔弢處』等印。錢序後印有『吴郡沈辨之野竹齋校雕』字樣。《詩外傳》存世版本衆多，除沈辨之野竹齋刻本外，僅嘉靖年間刻本就有蘇獻可通津草堂刻本、薛來芙蓉泉書屋刻本、舒良材刻本等多種。此本今藏于中國國家圖書館。

中國國家圖書館　張晨

二〇一九年八月二十日

目録

詩外傳

韓詩外傳序

始余年少讀韓詩外傳疑其爲先秦時文字及授詩爲專門學聞有韓魯齊三家之詩遂求得之因考其說韓詩燕韓嬰所作故號韓詩魯詩浮丘伯傳之魯申培公故號魯詩齊詩齊轅固所傳故號齊詩

或以國稱或以氏傳齊詩魏代已亡魯詩亡於西晉而韓之傳又與齊魯間殊然歸一也漢藝文志韓詩三十六卷内傳四卷外傳六卷說四十一卷隋經籍志韓詩二十二卷薛氏章句唐藝文志韓詩卜商序韓嬰注二十二卷又外傳十

三

卷韓詩存而無傳者至唐猶在今存外傳十篇非韓嬰傳詩之詳者遺説時見於他與毛説絶異玆固不暇論也然觀外傳雖非其解經之詳斷章取義要有合於孔門商賜言詩之旨况文辭清婉有先秦風學者安得不宗尚之海岱劉侯

貞來守嘉禾聽政之暇因以其先君子節齋先生手鈔所藏諸書悉刋置郡庠期與四方之士共之顧其意與秘而不傳視爲已私者相去遠矣余聞後漢薛漢世習韓詩父子以章句著名因號薛氏章句令侯父子以韓詩相傳蓋慕薛氏

之風而興起千載下者非果有得於韓氏源委其能然乎余既獲重閲一過故著其説如此尚當舍余詩學侯詩也至正十五年龍集乙未秋八月曲江錢惟善序

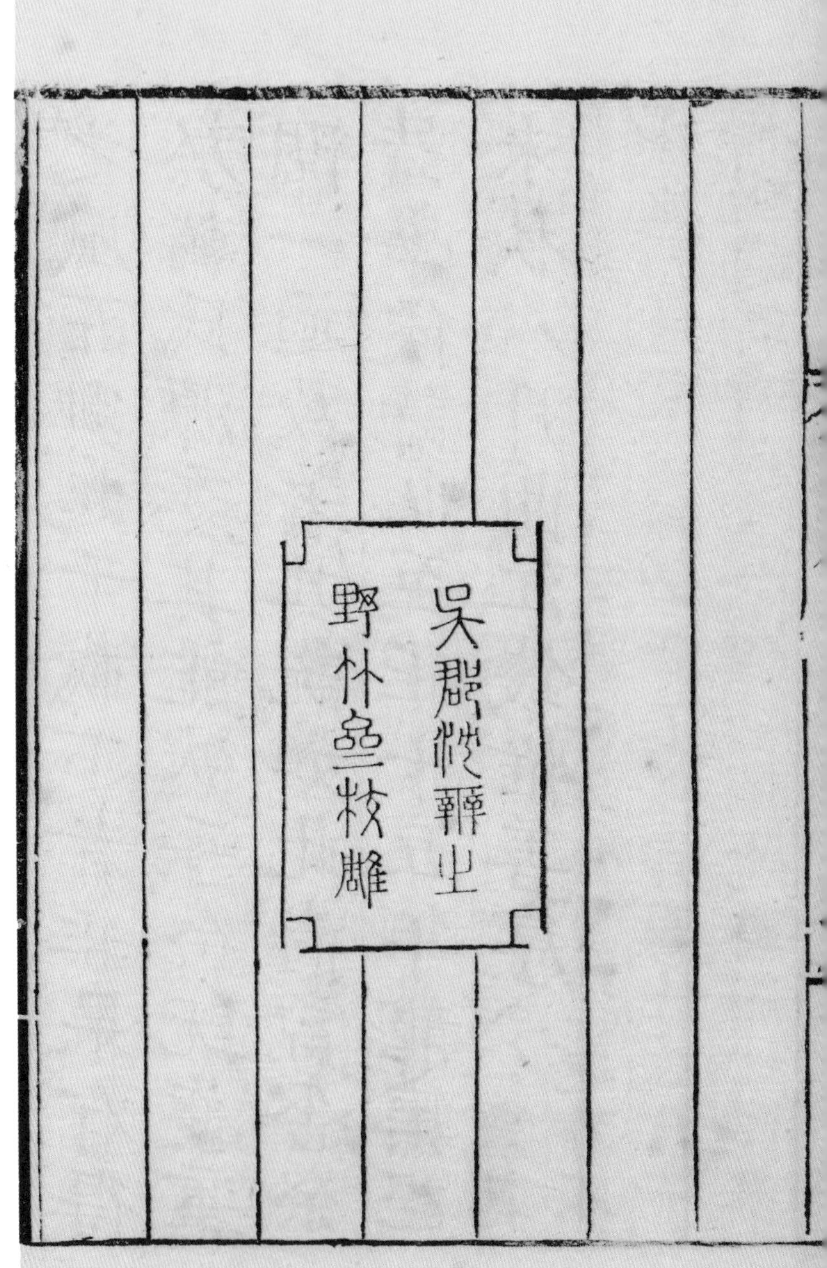
吳郡沈辨之
野竹齋校雕

詩外傳卷第一

韓嬰

曾子仕於莒得粟三秉方是之時曾子重其禄而輕其身親沒之後齊迎以相楚迎以令尹晉迎以上卿方是之時曾子重其身而輕其禄懷其寶而迷其國者不可與語仁窘其身而約其親者不可與語孝任重道遠者不擇地而息家貧親老者不擇官而仕故君子橋褐趨時當務爲急傳云不逢時而仕任事

而敦其慮爲之使而不入其謀貧焉故也詩曰夙夜在公實命不同

傳曰夫行露之人許嫁矣然而未往也見一物不具一禮不備守節貞理守死不往君子以爲得婦道之宜故舉而傳之揚而歌之以絕無道之求防汙道之行乎詩曰雖速我訟亦不爾從

孔子南遊適楚至於阿谷之隧有處子佩瑱而浣者孔子曰彼婦人其可與言矣乎抽觴

以授子貢曰善爲之辭以觀其語子貢曰吾
北鄙之人也將南之楚逢天之暑思心潭潭
願乞一飲以表我心婦人對曰阿谷之隧隱
曲之汜其水載清載濁流而趨海欲飲則飲
何問婦人乎受子貢觴迎流而挹之奐然而
棄之促流而挹之奐然而溢之坐置之沙上
曰禮固不親授子貢以告孔子曰丘知之矣
抽琴去其軫以授子貢曰善爲之辭以觀其
語子貢曰嚮子之言穆如清風不悖我語和

暢我心於此有琴而無軫願借子以調其音婦人對曰吾野鄙之人也僻陋而無心五音不知安能調琴子貢以告孔子曰丘知之矣抽絺紘五兩以授子貢曰善爲之辭以觀其語子貢曰吾北鄙之人也將南之楚於此有絺紘五兩吾不敢以當子身敢置之水浦婦人對曰客之行差遲乖人分其資財棄之野鄙吾年甚少何敢受子子不早去今竊有狂夫守之者矣詩曰南有喬木不可休思漢有

遊女不可求思此之謂也

哀公問孔子曰有智壽乎孔子曰然人有三死而非命也者自取之也居處不理飲食不節勞過者病共殺之居下而好干上嗜慾無厭求索不止者刑共殺之少以敵衆弱以侮強忿不量力者兵共殺之故有三死而非命者自取之也詩云人而無儀不死何爲

傳曰在天者莫明乎日月在地者莫明於水火在人者莫明乎禮義故日月不高則所照

不遠水火不積則光炎不博禮義不加乎國家則功名不白故人之命在天國之命在禮君人者降禮尊賢而王重法愛民而霸好利多詐而危權謀傾覆而亡詩曰人而無禮胡不遄死

君子有辯善之度以治氣養性則身後彭祖修身自強則名配堯禹宜於時則達厄於窮則處信禮者也凡用心之術由禮則理達不由禮則悖亂飲食衣服動靜居處由禮則知

節不由禮則墊陷生疾容貌態度進退移步由禮則夷國政無禮則不行王事無禮則不成國無禮則不寧王無禮則死亡無日矣詩曰人而無禮胡不遄死

傳曰不仁之至忽其親不忠之至倍其君不信之至欺其友此三者聖王之所殺而不赦也詩曰人而無禮不死何爲

王子比干殺身以成其忠柳下惠殺身以成其信伯夷叔齊殺身以成其廉此三子者皆

天下之通士也豈不愛其身哉爲夫義之不立名之不顯則士耻之故殺身以遂其行由是觀之卑賤貧窮非士之耻也天下舉忠而士不與焉舉信而士不與焉舉廉而士不與焉三者存乎身名傳於世與日月並而息天不能殺地不能生當桀紂之世不之能汚也然則非惡生而樂死也惡富貴好貧賤也由其理尊貴及巳而仕也不辭也孔子曰富而可求雖執鞭之士吾亦爲之故阨窮而不憫

勞辱而不苟然後能有致也詩曰我心匪石不可轉也我心匪席不可卷也此之謂也

原憲居魯環堵之室茨以蒿萊蓬戶甕牖桷桑而無樞上漏下濕匡坐而絃歌子貢乘肥馬衣輕裘中紺而表素軒不容巷而往見之原憲楮冠黎杖而應門正冠則纓絕振襟則肘見納履則踵決子貢曰嘻先生何病也原憲仰而應之曰憲聞之無財之謂貧學而不能行之謂病憲貧也非病也若夫希世而行

比周而友學以爲人教以爲巳仁義之匿車馬之飾衣裘之麗憲不忍爲之也子貢逡巡面有慙色不辭而去原憲乃徐步曳杖歌商頌而反聲淪於天地如出金石天子不得而臣也諸侯不得而友也故養身者忘家養志者忘身身且不愛孰能忝之詩曰我心匪石不可轉也我心匪席不可卷也

傳曰所謂士者雖不能盡備乎道術必有由也雖不能盡乎美著必有處也言不務多務

審所行而已行既已尊之言既已由之若肌膚性命之不可易也詩曰我心匪石不可轉也我心匪席不可卷也

傳曰君子絜其身而同者合焉善其音而類者應焉馬鳴而馬應之牛鳴而牛應之非知也其勢然也故新沐者必彈冠新浴者必振衣莫能以已之皭皭容人之混汚然詩曰我心匪鑑不可以茹

荆伐陳陳西門壞因其降民使脩之孔子過

而不式子貢執轡而問曰禮過三人則下二人則式今陳之脩門者衆矣夫子不爲式何也孔子曰國亡而弗知不智也知而不爭非忠也亡而不死非勇也脩門者雖衆不能行一於此吾故弗式也詩曰憂心悄悄慍于群小小人成群何足禮哉

傳曰喜名者必多怨好與者必多辱唯滅跡於人能隨天地自然爲能勝理而無愛名名與則道不用道行則人無位矣夫利爲害本

而福爲禍先唯不求利者爲無害不求福者爲無禍詩曰不忮不求何用不臧

傳曰聰者自聞明者自見聰明則仁愛著而廉恥分矣故非道而行之雖勞不至非其有而求之雖強不得故智者不爲非其事廉者不求非其有是以害遠而名彰也詩云不忮不求何用不臧

傳曰安命養性者不待積委而富名號傳乎世者不待勢位而顯德義暢乎中而無外求

也信哉賢者之不以天下爲名利者也詩曰
不忮不求何用不臧
古者天子左五鐘將出則撞黃鐘而右五鐘
皆應之馬鳴中律駕者有文御者有數立則
磬折拱則抱鼓行步中規折旋中矩然後太
師奏升車之樂告出也入則撞蕤賓以治容
貌容貌得則顏色齊顏色齊則肌膚安蕤賓
有聲鵠震馬鳴及倮介之蟲無不延頸以聽
在内者皆玉色在外者皆金聲然後少師奏

升堂之樂即席告入也此言音樂相和物類相感同聲相應之義也詩云鐘鼓樂之此之謂也

枯魚銜索幾何不蠹二親之壽忽如過隙樹木欲茂霜露不凋使賢士欲成其名二親不待家貧親老不擇官而仕詩曰雖則如燬父母孔邇此之謂也

孔子曰君子有三憂弗知可無憂與知而不學可無憂與學而不行可無憂與詩曰未見

君子憂心惙惙

魯公甫文伯死其母不哭也季孫聞之曰公甫文伯之母貞女也子死不哭必有方矣使人問焉對曰昔是子也吾使之事仲尼仲尼去魯送之不出魯郊贈之不與家珍病不見士之視者死不見士之流淚者死之日宮女縗絰而從者十人此不足於士而有餘於婦人也吾是以不哭也詩曰乃如之人兮德音無良

傳曰天地有合則生氣有精矣陰陽消息則變化有時矣時得則治時失則亂故人生而不具者五目無見不能食不能行不能言不能施化三月微的而後能見七月而生齒而後能食朞年髕就而後能行三年腦合而後能言十六精通而後能施化陰陽相反陰以陽變陽以陰變故男八月生齒八歲而齔齒十六而精化小通女七月生齒七歲而齔齒十四而精化小通是故陽以陰變陰以陽變

故不肖者精化始具而生氣感動觸情縱欲反施化是以年壽亟夭而性不長也詩曰乃如之人兮懷婚姻也太無信也不知命也賢者不然精氣闐溢而後傷時不可過也不見道端乃陳情欲以歌道義詩曰靜女其姝俟我乎城隅愛而不見搔首踟躕瞻彼日月悠悠我思道之云遠曷云能來急時辭也是故稱之日月也

楚白公之難有仕之善者辭其母將死君其

矣故急轡銜者非千里之御也有聲之聲不過百里無聲之聲延及四海故祿過其功者削名過其實者損情行合名禍福不虛至矣詩云何其處也必有與也何其久也必有以也故惟其無爲能長生久視而無累於物矣

傳曰衣服容貌者所以說目也應對言語者所以說耳也好惡去就者所以説心也故君子衣服中容貌得則民之目悅矣言語遜應對給則民之耳悅矣就仁去不仁則民之心

悦矣三者存亞 身雖不在位謂之素行故中心存善而日新之則獨居而樂德充而形詩曰何其處也必有與也何其久也必有以也仁道有四磏爲下有聖仁者有智仁者有德仁者有磏仁者上知天能用其時下知地能用其財中知人能安樂之是聖仁者也上亦知天能用其時下知地能用其財中知人能使人肆之是智仁也寬而容衆百姓信之道所以至弗辱以時是德仁者也廉潔直方疾

亂不治惡邪不匡雖居鄉里若坐塗炭命入
朝廷如赴湯火非其民不使非其食弗嘗疾
亂世而輕死弗顧弟兄以法度之比於不祥
是磏仁者也傳曰山銳則不高水徑則不深
仁磏則其德不厚志與天地擬者其人不祥
是伯夷叔齊卞隨介子推原憲鮑焦袁旌目
申徒狄之行也其所受天命之度適至是而
亡弗能改也雖枯槁弗捨也詩云亦已焉哉
天實爲之謂之何哉磏仁雖下然聖人不廢

者匡民隱括有在是中者也申徒狄非其世將自投於河崔嘉聞而止之曰吾聞聖人仁士之於天地之間也民之父母也今爲儒雅之故不救溺人可乎申徒狄曰不然桀殺關龍逢紂殺王子比干而亡天下吳殺子胥陳殺泄冶而滅其國故亡國殘家非無聖智也不用故也遂抱石而沉於河君子聞之曰廉矣如仁歟則吾未之見也詩曰天實爲之謂之何哉

鮑焦衣弊膚見挈畚持蔬遇子貢於道子貢曰吾子何以至於此也鮑焦曰天下之遺德教者衆矣吾何以不至於此也吾聞之世不已知而行之不已者爽行也上不已用而干之不止者是毀廉也行爽毀廉然且弗舍惑於利者也子貢曰吾聞之非其世者不生其利汙其君者不履其土非其世而持其蔬詩曰溥天之下莫非王土此誰有之哉鮑焦曰於戲吾聞賢者重進而輕退廉者易愧而輕

死於是棄其蔬而立槁於洛水之上君子聞之曰廉夫剛哉夫山銳則不高水徑則不深行磏者德不厚志與天地擬者其爲人不祥鮑焦可謂不祥矣其節度淺深適至於是矣詩云亦已焉哉天實爲之謂之何哉

昔者周道之盛邵伯在朝有司請營邵以居邵伯曰嗟以吾一身而勞百姓此非吾先君文王之志也於是出而就蒸庶於阡陌隴畝之間而聽斷焉邵伯暴處遠野廬於樹下百

姓大悦耕桑者倍力以勸於是歲大稔民給家足其後在位者驕奢不恤元元稅賦繁數百姓困乏耕桑失時於是詩人見召伯之所休息樹下美而歌之詩曰蔽芾甘棠勿剪勿伐召伯所茇此之謂也

詩外傳卷第一

詩外傳卷第二

韓嬰

楚莊王圍宋有七日之糧曰盡此而不克將去而歸於是使司馬子反乘闉而窺宋城宋使華元乘闉而應之子反曰子之國何若矣華元曰憊矣易子而食之析骸而爨之子反曰嘻甚矣憊雖然吾聞圍者之國箝馬而抹之使肥者應客今何吾子之情也華元曰吾聞君子見人之困則矜之小人見人之困則

幸之吾望見吾子似於君子是以情也子反曰諾子其勉之矣吾軍有七日糧爾揖而去子反告莊王莊王曰若何子反曰憊矣易子而食之析骸而爨之莊王曰嘻甚矣憊今得此而歸爾子反曰不可吾已告之矣曰軍亦有七日糧爾莊王怒曰吾使子視之子曷爲而告之子反曰區區之宋猶有不欺之臣何以楚國而無乎吾是以告之也莊王曰雖然吾子今得此而歸爾子反曰王請處此臣請

歸耳王曰子去我而歸吾孰與處乎此吾將從子而歸遂師而歸君子善其平已也華元以誠告子反得以解圍全二國之命詩云彼姝者子何以告之君子善其以誠相告也魯監門之女嬰相從績中夜而泣涕其偶曰何謂而泣也嬰曰吾聞衛世子不肖所以泣也其偶曰衛世子不肖諸侯之憂也子曷爲泣也嬰曰吾聞之異乎子之言也昔者宋之桓司馬得罪於宋君出於魯其馬佚而駮吾

園而食吾園之葵是歲吾聞園人亡利之半越王勾踐起兵而攻吳諸侯畏其威魯往獻女吾姊與焉兄往視之道畏而死越兵威者吳也兄死者我也由是觀之禍與福相反也今衛世子甚不肖好兵吾男弟三人能無憂乎詩曰大夫跋涉我心則憂是非類與乎

高子問於孟子曰夫嫁娶者非已所自親也衛女何以得編於詩也孟子曰有衛女之志則可無衛女之志則怠若伊尹於太甲有伊

尹之志則可無伊尹之志則簒夫道二常之謂經變之謂權懷其常道而挾其變權乃得爲賢夫衛女行中孝慮中聖權如之何詩曰既不我嘉不能旋反視爾不臧我思不遠

楚莊王聽朝罷晏樊姬下堂而迎之曰何罷之晏也得無饑倦乎莊王曰今日聽忠賢之言不知饑倦也樊姬曰王之所謂忠賢者諸侯之客歟中國之士歟莊王曰則沈令尹也樊姬掩口而笑王曰姬之所笑何也姬曰妾

得於王尚湯沐執巾櫛振衽席十有一年矣然妾未嘗不遣人之梁鄭之間求美人而進之於王也與妾同列者十人賢於妾者二人妾豈不欲擅王之寵哉不敢私願蔽衆美欲王之多見則娱今沈令尹相楚數年矣未嘗見進賢而退不肖也又焉得爲忠賢乎莊王旦朝以樊姬之言告沈令尹令尹避席而進孫叔敖叔敖治楚三年而楚國霸楚史援筆而書之於策曰楚之霸樊姬之力也詩曰百

爾所思不如我所之樊姬之謂也

閔子騫始見於夫子有菜色後有芻豢之色子貢問曰子始有菜色今有芻豢之色何也閔子曰吾出蒹葭之中入夫子之門夫子內切瑳以孝外爲之陳王法心竊樂之出見羽蓋龍旂裘旃相隨心又樂之二者相攻胷中而不能任是以有菜色也今被夫子之文寖深又賴二三子切瑳而進之內明於去就之義出見羽蓋龍旂旃裘相隨視之如壇土矣

是以有芻豢之色詩曰如切如瑳如琢如磨傳曰雩而雨者何也曰無何也猶不雩而雨也星隊木鳴國人皆恐何也是天地之變陰陽之化物之罕至者也怪之可也畏之非也夫日月之薄蝕怪星之黨見風雨之不時是無世而不嘗有也上明政平是雖並至無傷也上闇政險是雖無一無益也夫萬物之有災人妖最可畏也曰何謂人妖曰枯耕傷稼枯耘傷歲政險失民田穢稼惡糴貴民飢道

有死人寇賊並起上下乖離鄰人相暴對門相盜禮義不脩牛馬相生六畜作妖臣下殺上父子相疑是謂人妖是生於亂傳曰天地之災隱而廢也萬物之怪書不說也無用之變不急之災棄而不治若夫君臣之義父子之親男女之别切瑳而不舍也詩曰如切如瑳如琢如磨

孔子曰口欲味心欲佚教之以仁心欲兵身惡勞教之以恭好辯論而畏懼教之以勇目

好色耳好聲教之以義易曰艮其限列其䏌厲薰心詩曰吁嗟女兮無與士耽皆防邪禁佚調和心志

高牆豐上激下未必崩也降雨興流潦至則崩必先矣草木根荄淺未必撅也飄風興暴雨墜則撅必先矣君子居是邦也不崇仁義尊賢臣以理萬物未必亡也一旦有非常之變諸侯交爭人趨車馳迫然禍至乃始憂愁乾喉焦脣仰天而嘆庶幾乎望其安也不亦

晚乎孔子曰不慎其前而悔其後嗟乎雖悔無及矣詩曰掇其泣矣何嗟及矣

曾子曰君子有三言可貫而佩之一曰無内踈而外親二曰身不善而怨他人三曰患至而後呼天子貢曰何也曾子曰内踈而外親不亦反乎身不善而怨他人不亦遠乎患至而後呼天不亦晚乎詩曰惙其泣矣何嗟及矣

夫霜雪雨露殺生萬物者也天無事焉猶之

貴天也執法厭文治官治民者有司也君無事焉猶之尊君也夫闢土殖穀者后稷也决江流河者禹也聽獄執中者皐陶也然而聖后者堯也故有道以御之身雖無能也必使能者爲已用也無道以御之彼雖多能猶將無益於存亡矣詩曰執轡如組兩驂如舞貴能御也

傳曰孔子云美哉顔無父之御也馬知後有輿而輕之知上有人而愛之馬親其正而愛

其事如使馬能言彼將必曰樂哉今日之騶也至於顏淪少衰矣馬知後有輿而輕之知上有人而敬之馬親其正而敬其事如使馬能言彼將必曰騶來其人之使我也至於顏夷而衰矣馬知後有輿而重之知上有人而畏之馬親其正而畏其事如使馬能言彼將必曰騶來騶來女不騶彼將殺女故御馬有法矣御民有道矣法得則馬和而歡道得則民安而集詩曰執轡如組兩驂如舞此之謂

也
顏淵侍坐魯定公于臺東野畢御馬于臺下定公曰善哉東野畢之御也顏淵曰善則善矣其馬將佚矣定公不說以告左右曰聞君子不譖人君子亦譖人乎顏淵退俄而廄人以東野畢馬佚聞矣定公揭席而起曰趣駕召顏淵顏淵至定公曰鄉寡人曰善哉東野畢之御也吾子曰善則善矣然則馬將佚矣不識吾子以何知之顏淵曰臣以政知之昔

者舜工於使人造父工於使馬舜不窮其民造父不極其馬是以舜無佚民造父無佚馬今東野畢之上車執轡銜體正矣周旋步驟朝禮畢矣歷險致遠馬力殫矣然猶策之不已所以知佚也定公曰善可少進顏淵曰獸窮則齧鳥窮則啄人窮則詐自古及今窮其下能不危者未之有也詩曰執轡如組兩驂如舞善御之謂也定公曰寡人之過矣

崔杼弒莊公合士大夫盟盟者皆脫劍而入

言不疾措血至者死所殺者十餘人次及晏子奉杯血仰天而嘆曰惡乎崔杼將爲無道而殺其君於是盟者皆視之崔杼謂晏子曰子與我吾將與子分國子不與我殺子直兵將推之曲兵將鉤之吾願子之圖之也晏子曰留以利而倍其君非仁也刼以刃而失其志者非勇也詩曰莫莫葛藟延于條枚愷悌君子求福不回嬰其可回矣直兵推之曲兵鉤之嬰不之革也崔杼曰舍晏子晏子起而

出授綏而乘其僕馳晏子撫其手曰麇鹿在山林其命在庖廚命有所懸安在疾驅安行成節然後去之詩曰羔裘如濡恂直且侯彼已之子舍命不渝晏子之謂也

楚昭王有士曰石奢其爲人也公而好直王使爲理於是道有殺人者石奢追之則父也還返於廷曰殺人者臣之父也以父成政非孝也不行君法非忠也弛罪廢法而伏其辜臣之所守也遂伏斧鑕曰命在君君曰追而

不及庸有罪乎子其治事矣石奢曰不然不
私其父非孝也不行君法非忠也以死罪生
不廉也君欲赦之上之惠也臣不能失法下
之義也遂不去鈇鑕刎頸而死乎廷君子聞
之曰貞夫法哉石先生乎孔子曰子爲父隱
父爲子隱直在其中矣詩曰彼已之子邦之
司直石先生之謂也

外寬而內直自設於隱括之中直已不直人
善廢而不悒悒蘧伯玉之行也故爲人父者

則願以爲子爲人子者則願以爲父爲人君者則願以爲臣爲人臣者則願以爲君名昭諸侯天下願焉詩曰彼己之子邦之彥兮此君子之行也

傳曰孔子遭齊程本子於剡之間傾蓋而語終日有間顧子路曰由束帛十匹以贈先生子路不對有間又顧曰束帛十匹以贈先生子路率爾而對曰昔者由也聞之於夫子士不中道相見女無媒而嫁者君子不行也孔

子曰夫詩不云乎野有蔓草零露漙兮有美一人清揚婉兮邂逅相遇適我願兮且夫齊程本子天下之賢士也吾於是而不贈終身不之見也大德不踰閑小德出入可也

君子有主善之心而無勝人之色德足以君天下而無驕肆之容行足以及後世而不以一言非人之不善故曰君子盛德而卑虛已以受人旁行不流應物而不窮雖在下位民願戴之雖欲無尊得乎哉詩曰彼已之子美

如英美如英殊異乎公行

君子易和而難狎也易懼而不可刼也畏患而不避義死好利而不爲所非交親而不比言辯而不亂盪盪乎其易不可失也磏乎其廉而不劌也溫乎其仁厚之光大也超乎其有以殊於世也詩曰美如玉美如玉殊異乎公族

商容嘗執羽籥馮於馬徒欲以伐紂而不能遂去伏於太行及武王克殷立爲天子欲以

爲三公商容辭曰吾常馮於馬徒欲以伐紂而不能愚也不爭而隱無勇也愚且無勇不足以備乎三公遂固辭不受命君子聞之曰商容可謂內省而不誣能矣君子哉去素餐遠矣詩曰彼君子兮不素餐兮商先生之謂也

晉文侯使李離爲大理過聽殺人自拘於廷請死於君君曰官有貴賤罰有輕重下吏有罪非子之罪也李離對曰臣居官爲長不與

下吏讓位受爵爲多不與下吏分利今過聽殺人而下吏蒙其死非所聞也不受命君曰自以爲罪則寡人亦有罪矣李離曰法失則刑刑失則死君以臣爲能聽微決疑故使臣爲理今過聽殺人之罪罪當死君曰棄位委官伏法亡國非所望也趣出無憂寡人之心李離對曰政亂國危君之憂也軍敗卒亂將之憂也夫無能以事君闇行以臨官是無功以食祿也臣不能以虛自誣遂伏劒而死君

子聞之曰忠矣乎詩曰彼君子兮不素餐兮
李先生之謂也
楚狂接輿躬耕以食其妻之市未返楚王使
使者賫金百鎰造門曰大王使臣奉金百鎰
願請先生治河南接輿笑而不應使者遂不
得辭而去妻從市而來曰先生少而爲義豈
將老而遺之哉門外車軼何其深也接輿曰
今者王使使者賫金百鎰欲使我治河南其
妻曰豈許之乎曰未也妻曰君使不從非忠

也從之是遺義也不如去之乃夫負釜甑妻戴經器變易姓字莫知其所之論語曰色斯舉矣翔而後集接輿之妻是也詩曰逝將去汝適彼樂土樂土樂土爰得我所

昔者桀爲酒池糟隄縱靡靡之樂而牛飲者三千羣臣皆相持而歌江水沛兮舟楫敗兮我王廢兮趣歸於亳亳亦大兮又曰樂兮樂兮四牡驕兮六轡沃兮去不善兮善何不樂兮伊尹知大命之將去舉觴造桀曰君王不

聽臣言大命去矣亡無日矣桀相然而抃盍然而笑曰子又妖言矣吾有天下猶天之有日也日有亡乎日亡吾亦亡也於是伊尹接履而趨遂適於湯湯以爲相可謂適彼樂土爰得其所矣詩曰逝將去汝適彼樂土樂土樂土爰得我所

伊尹去夏入殷田饒去魯適燕介子推去晉入山田饒事魯哀公而不見察田饒謂哀公曰臣將去君黃鵠舉矣哀公曰何謂也曰君

獨不見夫雞乎首戴冠者文也足搏距者武也敵在前敢鬬者勇也得食相告仁也守夜不失時信也雞有此五德君猶日瀹而食之者何也則以其所從來者近也夫黃鵠一舉千里止君園池食君魚鼈啄君黍粱無此五者君猶貴之以其所從來者遠矣臣將去君黃鵠舉矣哀公曰止吾將書子言也田饒曰臣聞食其食者不毀其器陰其樹者不折其枝有臣不用何書其言遂去之燕燕立以爲

相三年燕政大平國無盜賊哀公喟然太息爲之辟寢三月減損上服曰不慎其前而悔其後何可復得詩云逝將去汝適彼樂國樂國樂國爰得我直

子賤治單父彈鳴琴身不下堂而單父治巫馬期以星出以星入日夜不處以身親之而單父亦治巫馬期問於子賤子賤曰我任人子任力任人者佚任力者勞人謂子賤則君子矣佚四肢全耳目平心氣而百官理任其

數而巳亟馬期則不然乎然事惟勞力教詔雖治猶未至也詩曰子有衣裳弗曳弗婁子有車馬弗馳弗驅

子路曰士不能勤苦不能輕死亡不能恬貧窮而曰我行義吾不信也昔者申包胥立於秦廷七日七夜哭不絕聲是以存楚不能勤苦焉得行此比干且死而諫愈忠伯夷叔齊餓于首陽而志益彰不輕死亡焉能行此曾子褐衣緼緒未嘗完也糲米之食未嘗飽也

義不合則辭上卿不恬貧窮焉能行此夫士欲立身行道無顧難易然後能行之欲行義白名無顧利害然後能行之詩曰彼已之子碩大且篤良非篤脩身行之君子其孰能與之哉

子路與巫馬期薪於韞丘之下陳之富人有處師氏者脂車百乘觴於韞丘之上子路與巫馬期曰使子無忘子之所知亦無進子之所能得此富終身無復見夫子子爲之乎巫

馬期喟然仰天而嘆闟然投鐮於地曰吾嘗聞之夫子勇士不忘喪其元志士仁人不忘在溝壑子不知予與試予與意者其志與子路心慙故負薪先歸孔子曰由來何爲偕出而先返也子路曰向也由與巫馬期薪於韞丘之下陳之富人有處師氏者脂車百乘觴於韞丘之上由謂巫馬期曰使子無忘子之所知亦無進子之所能得此富終身無復見夫子子爲之乎巫馬期喟然仰天而嘆闟然

投鐮於地曰吾嘗聞夫子勇士不忘喪其元志士仁人不忘在溝壑子不知予與試予與意者其志與由也心慚故先負薪歸孔子援琴而彈詩曰肅肅鴇羽集于苞栩王事靡盬不能蓺稷黍父母何怙悠悠蒼天曷其有所予道不行邪使汝願者

孔子曰士有五有埶尊貴者有家富厚者有資勇悍者有心智惠者有貌美好者有埶尊貴者不以愛民行義理而反以暴敖家富厚

者不以振窮救不足而反以侈靡無度資勇悍者不以衛上攻戰而反以侵陵私鬭心智惠者不以端計數而反以事姧飾詐貌美好者不以統朝涖民而反以蠱女從欲此五者所謂士失其美質者也詩曰温其如玉在其板屋亂我心曲

上之人所遇色爲先聲音次之事行爲後故望而宜爲人君者容也近而可信者色也發而安中者言也久而可觀者行也故君子容

色天下儀象而望之不假言而知爲人君者詩曰顏如渥丹其君也哉

子夏讀詩已畢夫子問曰爾亦何大於詩矣子夏對曰詩之於事也昭昭乎若日月之光明燎燎乎如星辰之錯行上有堯舜之道下有三王之義弟子不敢忘雖居蓬戶之中彈琴以詠先王之風有人亦樂之無人亦樂之亦可發憤忘食矣詩曰衡門之下可以棲遲泌之洋洋可以樂饑夫子造然變容曰嘻吾

子始可以言詩已矣然子以見其表未見其裏顏淵曰其表已見其裏又何有哉孔子曰闚其門不入其中安知其奥藏之所在乎然藏又非難也丘嘗悉心盡志已入其中前有高岸後有深谷泠泠然如此既立而已矣不能見其裏未謂精微者也

傳曰國無道則飄風厲疾暴雨折木陰陽錯氛夏寒冬溫春熱秋榮日月無光星辰錯行民多疾病國多不祥羣生不壽而五穀不登

當成周之時陰陽調寒暑平羣生遂萬物寧
故曰其風治其樂連其驅馬舒其民依依其
行遲遲其意好好詩曰匪風發兮匪車偈兮
顧瞻周道中心怛兮

夫治氣養心之術血氣剛強則務之以調和
智慮潛深則一之以易諒勇毅強果則輔之
以道術齊給便捷則安之以靜退卑攝貪利
則抗之以高志容衆好散則劫之以師友怠
慢摽棄則慰之以禍災愿婉端慤則合之以

禮樂凡治氣養心之術莫徑由禮莫優得師莫慎一好好一則博博則精精則神神則化是以君子務結心乎一也詩曰淑人君子其儀一兮其儀一兮心如結兮

玉不琢不成器人不學不成行家有千金之玉不知治猶之貧也良工宰之則富及子孫君子謀之則爲國用故動則安百姓議則延民命詩曰淑人君子正是國人正是國人胡不萬年

嫁女之家三夜不息燭思相離也取婦之家三日不舉樂思嗣親也是故昬禮不賀人之序也三月而廟見稱來婦也厥明見舅姑舅姑降于西階婦升自阼階授之室也憂思三日不殺三月孝子之情也故禮者因人情爲文詩曰親結其褵九十其儀言多儀也

原天命治心術理好惡適情性而治道畢矣原天命則不惑禍福不惑禍福則動靜脩治心術則不妄喜怒不妄喜怒則賞罰不阿理

好惡則不貪無用不貪無用則不害物性適情性則不過欲不過欲則養性知足四者不求於外不假於人反諸已而存矣夫人者說人者也形而爲仁義動而爲法則詩曰伐柯伐柯其則不遠

詩外傳卷第二

詩外傳卷第三

韓嬰

傳曰昔者舜甑盆無膻而下不以餘獲罪飯乎土簋啜乎土型而農不以力獲罪麑衣而盬領而女不以巧獲罪法下易由事寡易爲功而民不以政獲罪故大道多容大德多下聖人寡爲故用物常壯也傳曰易簡而天下之理得矣詩曰政有夷之行子孫保之忠易爲禮誠易爲辭賢人易爲民工巧易爲材詩

曰政有夷之行子孫保之

有殷之時穀生湯之廷三日而大拱湯問伊尹曰何物也對曰穀樹也湯問何爲而生於此伊尹曰穀之出澤野物也今生天子之庭殆不吉也湯曰柰何伊尹曰臣聞妖者禍之先祥者福之先見妖而爲善則禍不至見祥而爲不善則福不臻湯乃齊戒靜處夙興夜寐弔死問疾赦過賑窮七日而穀亡妖孽不見國家昌詩曰畏天之威于時保之

昔者周文王之時莅國八年夏六月文王寢疾五日而地動東西南北不出國郊有司皆曰臣聞地之動爲人主也今者君王寢疾五日而地動四面不出國郊群臣皆恐請移之文王曰柰何其移之也對曰興事動衆以增國城其可移之乎文王曰不可夫天之道見妖是以罰有罪也我必有罪故此罰我也今又專興事動衆以增國城是重吾罪也不可以之昌也請改行重善移之其可以免乎於

是遂謹其禮節袂皮革以交諸侯飾其辭令幣帛以禮俊士頒其爵列等級田疇以賞有功遂與群臣行此無幾何而疾止文王即位八年而地動之後四十三年凡蒞國五十一年而終此文王之所以踐妖也詩曰畏天之威于時保之

王者之論德也而不尊無功不官無德不誅無罪朝無幸位民無幸生故上賢使能而等級不踰折暴禁悍而刑罰不過百姓曉然皆

知夫爲善於家取賞於朝也爲不善於幽而蒙刑於顯夫是之謂定論是王者之德詩曰明昭有周式序在位

傳曰以從俗爲善以貨財爲寶以養性爲己爲道是民德也未及於士也行法而志堅不以私欲害其所聞是勁士也未及於君子也行法而志堅好脩其所聞以矯其情言行多當未安諭也知慮多當未周密也上則能大其所隆也下則開道不若己者是篤厚君子

未及聖人也若夫百王之法若別白黑應當世之變若數三綱行禮要節若運四支因化之功若推四時天下得序群物安居是聖人也詩曰明昭有周式序在位

魏文侯欲置相召李克問曰寡人欲置相非翟黃則魏成子願卜之於先生李克避席而辭曰臣聞之卑不謀尊疏不間親臣外居者也不敢當命文侯曰先生臨事勿讓李克曰夫觀士也居則視其所親富則視其所與達

則視其所舉窮則視其所不爲貧則視其所不取此五者足以觀矣文侯曰請先生就舍寡人之相定矣李克出遇翟黄曰今日聞君召先生而卜相果誰爲之李克曰魏成子爲之翟黄悖然作色曰吾何負於魏成子西河之守吾所進也君以鄴爲憂吾進西門豹君欲伐中山吾進樂羊中山既拔無守之者吾進先生君欲置太子傅吾進趙蒼皆有成功就事吾何負於魏成子克曰子之言克於子

之君也豈比周以求大官哉君問置相非成則黃二子何如臣對曰君不察故也居則視其所親富則視其所與達則視其所舉窮則視其所不爲貧則視其所不取五者以定矣何待克哉是以知魏成子爲相也且子焉得與魏成子比魏成子食禄日千鍾什一在内以聘約天下之士是以得卜子夏田子方段干木此三人君皆師友之子之所進皆臣之子焉得與魏成子比乎翟黃逡巡再拜曰鄙

人固陋失對於夫子詩曰明昭有周式序在位

成侯嗣公聚斂計數之君也未及取民也子產取民者也未及爲政也管仲爲政也未及脩禮故脩禮者王爲政者强取民者安聚斂者亡故聚斂以招穀積財以肥敵危身亡國之道也明君不蹈也將脩禮以齊朝正法以齊官平政以齊下然後節奏齊乎朝法則度量正乎官忠信愛刑平平下如是百姓愛之如

父母畏之如神明是以德澤洋乎海內福祉歸乎王公詩曰降福簡簡威儀反反既醉既飽福祿來反

楚莊王寢疾卜之曰河爲祟大夫曰請用牲莊王曰止古者聖王制祭不過望濉漳江漢楚之望也寡人雖不德河非所獲罪也遂不祭三日而疾有瘳孔子聞之曰楚莊王之霸其有方矣制節守職反身不貳其霸不亦宜乎詩曰嗟嗟保介莊王之謂也

人主之疾十有二發非有賢醫莫能治也何謂十二發痿蹶逆脹滿支膈肓煩喘痺風此之曰十二發賢醫治之何曰省事輕刑則痿不作無使小民飢寒則蹶不作無令財貨上流則逆不作無令倉廪積腐則脹不作無使府庫充實則滿不作無使群臣縱恣則支不作無使下情不上通則隔不作上材恤下則肓不作法令奉行則煩不作無使下怨則喘不作無使賢伏匿則痺不作無使百姓歌吟

誹謗則風不作夫重臣羣下者人主之心腹支體也心腹支體無疾則人主無疾矣故非有賢醫莫能治也人皆有此十二疾而不用賢醫則國非其國也詩曰多將熇熇不可救藥終亦必亡而已矣故賢醫用則衆庶無疾況人主乎

傳曰太平之時無瘖𤸇跛眇尫蹇侏儒折短父不哭子兄不哭弟道無襁負之遺育然各以其序終者賢醫之用也故安止平正除疾

之道無他焉用賢而已矣詩曰有瞽有瞽在周之庭紂之餘民也

傳曰喪祭之禮廢則臣子之恩薄臣子之恩薄則背死亡生者衆小雅曰子子孫孫勿替引之

人事倫則順于鬼神順于鬼神則降福孔皆詩曰以享以祀以介景福

武王伐紂到于邢丘楯折爲三天雨三日不休武王心懼召太公而問曰意者紂未可伐

乎太公對曰不然楯折爲三者軍當分爲三也天雨三日不休欲灑吾兵也武王曰然何若矣太公曰愛其人及屋上烏惡其人者憎其骨餘咸劉厥敵靡使有餘武王曰於戲天下未定也周公趨而進曰不然使各度其宅而佃其田無獲舊新百姓有過在予一人武王曰於戲天下已定矣乃脩武勒兵於甯更名邢丘曰懷甯曰脩武行克紂于牧之野詩曰牧野洋洋檀車皇皇駟騵彭彭維師尚父

時維鷹揚涼彼武王肆伐大商會朝清明旣反商及下車封黃帝之後於薊封帝堯之後於祝封舜之後於陳下車而封夏后氏之後於杞封殷之後於宋封比干之墓釋箕子之囚表商容之閭濟河而西馬放華山之陽示不復乘牛放桃林之野示不復服也車甲衅而藏之於府庫示不復用也於是廢軍而郊射左射貍首右射騶虞然後天下知武王不復用兵也祀乎明堂而民知孝朝覲然後諸

侯知以敬坐三老於大學天子執醬而饋執爵而酳所以教諸侯之悌也此四者天下之大教也夫武之乂不亦宜乎詩曰勝殷遏劉耆定爾功言伐紂而殷亡武也

孟嘗君請學於閔子使車往迎閔子閔子曰禮有來學無往教致師而學不能學往教則不能化君也君所謂不能學者也臣所謂不能化者也於是孟嘗君曰敬聞命矣明日祛衣請受業詩曰日就月將○劒雖利不厲不斷

材雖美不學不高雖有旨酒嘉殽不嘗不知其旨雖有善道不學不達其功故學然後知不足教然後知不究不足故自愧而勉不究故盡師而熟由此觀之則教學相長也子夏問詩學一以知二孔子曰起予者商也始可與言詩已矣孔子賢乎英傑而聖德備弟子被光景而德彰詩曰日就月將○凡學之道嚴師爲難師嚴然後道尊道尊然後民知敬學故太學之禮雖詔於天子無北面尊師尚道

也故不言而信不怒而威師之謂也詩曰日就月將學有緝熙于光明

傳曰宋大水魯人弔之曰天降淫雨害於粢盛延及君地以憂執政使臣敬弔宋人應之曰寡人不仁齋戒不修使民不時天加以災又遺君憂拜命之辱孔子聞之曰宋國其庶幾矣弟子曰何謂孔子曰昔桀紂不任其過其亡也忽焉成湯文王知任其過其興也勃焉過而改之是不過也宋人聞之乃夙興夜

穰弔死問疾戮力宇内三歲年豐政平鄉使
宋人不聞孔子之言則年穀未豐而國家未
寧詩曰佛時仔肩示我顯德行
齊桓公設庭燎爲便人欲造見者朞年而士
不至於是東野有以九九見者桓公使戯之
曰九九足以見乎鄙人曰臣聞君設庭燎以
待士朞年而士不至夫士之所以不至者君
天下之賢君也四方之士皆自以不及君故
不至也夫九九薄能耳而君猶禮之况賢於

九九者乎夫太山不讓礫石江海不辭小流所以成其大也詩曰先民有言詢于芻蕘博謀也桓公曰善乃固禮之朞月四方之士相導而至矣詩曰自堂徂基自羊徂牛以小成大

太平之時民行役者不踰時男女不失時以偶孝子不失時以養外無曠夫內無怨女上無不慈之父下無不孝之子父子相成夫婦相保天下和平國家安寧人事備乎下天道

應乎上故天不變經地不易形日月昭明列宿有常天施地化陰陽和合動以雷電潤以風雨節以山川均其寒暑萬民育生各得其所而制國用故國有所安地有所主聖人刳木爲舟剡木爲檝以通四方之物使澤人足乎木山人足乎魚餘衍之財有所流故豐膏不獨樂磽确不獨苦雖遭凶年飢歲禹湯之水旱而民無凍餓之色故生不乏用死不轉尸夫是之謂樂詩曰於鑠王師遵養時晦

能制天下必能養其民也能養民者爲自養也飲食適乎藏滋味適乎氣勞佚適乎筋骨寒煖適乎肌膚然後氣藏乎心術治思慮得喜怒時起居而遊樂事時而用足夫是之謂能自養者也故聖人不淫佚侈靡者非鄙夫色而愛財用也養有適過則不樂故不爲也是以夏不數浴非愛水也冬不頻湯非愛火也不高臺榭非無土木也不大鍾鼎非無金錫也不沈於酒不貪於色非辟醜也直行情

性之所安而制度可以爲天下法矣故用不靡財足以養其生而天下稱其仁也養不害性足以成教而天下稱其義也適情辟餘不求非其有而天下稱其廉也行成不可掩息刑不可犯執一道而輕萬物天下稱其勇也四行在乎民居則婉愉怒則勝敵故審其所以養而治道具矣治道具而遠近畜矣詩曰於鑠王師遵養時晦言相養者之至於晦也

公儀休相魯而嗜魚一國人獻魚而不受其

弟諫曰嗜魚不受何也曰夫欲嗜魚故不受也受魚而免於相則不能自給魚無受而不免於相長自給於魚此明於魚爲已者也故老子曰後其身而身先外其身而身存非以其無私乎故能成其私詩曰思無邪此之謂也

傳曰魯有父子訟者康子欲殺之孔子曰未可殺也夫民父子訟之爲不義久矣是則上失其道上有道是人亡矣訟者聞之請無訟

康子曰治民以孝殺一不義以僇不孝不亦可乎孔子曰否不教而聽其獄殺不辜也三軍大敗不可誅也獄讞不治不可刑也上陳之教而先服之則百姓從風矣邪行不從然後俟之以刑則民知罪矣夫一仞之墻民不能踰百仞之山童子登遊焉凌遲故也今其仁義之陵遲久矣能謂民無踰乎詩曰俾民不迷昔之君子道其百姓不使迷是以威厲而刑措不用也故形其仁義謹其教道使民

目晰焉而見之使民耳晰焉而聞之使民心晰焉而知之則道不迷而民志不惑矣詩曰示我顯德行故道義不易民不由也禮樂不明民不見也詩曰周道如砥其直如矢言其易也君子所履小人所視言其明也睠言顧之潸焉出涕哀其不聞禮教而就刑誅也夫散其本教而待之刑辟猶決其牢而發以毒矢也亦不哀乎故曰未可殺也昔者先王使民以禮譬之如御也刑者鞭策也今猶無

轡銜而鞭策以御也欲馬之進則策其後欲馬之退則策其前御者以勞而馬亦多傷矣今猶此也上憂勞而民多罹刑詩曰人而無禮胡不遄死爲上無禮則不免乎患爲下無禮則不免乎刑上下無禮胡不遄死康子避席再拜曰僕雖不敏請承此語矣孔子退朝門人子路難曰父子訟道邪孔子曰非也子路曰然則夫子胡爲君子而免之也孔子曰不戒責成害也慢令致期暴也不教而誅賊

也君子爲政避此三者且詩曰載色載笑匪怒伊教

當舜之時有苗不服其不服者衡山在南岐山在北左洞庭之波右彭澤之水由此險也以其不服禹請伐之而舜不許曰吾喻教猶未竭也久喻教而有苗民請服天下聞之皆薄禹之義而美舜之德詩曰載色載笑匪怒伊教舜之謂也問曰然則禹之德不及舜乎曰非然也禹之所以請伐者欲彰舜之德也

故善則稱君過則稱已臣下之義也假使禹爲君舜爲臣亦如此而已矣夫禹可謂達乎爲人臣之大體也季孫子之治魯也衆殺人而必當其罪多罰人而必當其過子貢曰暴哉治乎季孫聞之曰吾殺人必當其罪罰人必當其過先生以爲暴何也子貢曰夫奚不若子產之治鄭一年而負罰之過省二年而刑殺之罪亡三年而庫無拘人故民歸之如水就下愛之如孝子敬父毋子產病將死國

人皆吁嗟曰誰可使代子產死者乎及其不免死也士大夫哭之於朝商賈哭之於市農夫哭之於野哭子產者皆如喪父母今竊聞夫子疾之時則國人喜活則國人皆駭以死相賀以生相恐非暴而何哉賜聞之託法而治謂之暴不戒致期謂之虐不教而誅謂之賊以身勝人謂之責責者失身賊者失臣虐者失政暴者失民且賜聞居上位行此四者而不亡者未之有也於是季孫稽首謝曰謹

聞命矣詩曰載色載笑匪怒伊教

問者曰夫智者何以樂於水也曰夫水者緣理而行不遺小間似有智者動而下之似有禮者蹈深不疑似有勇者障防而清似知命者歷險致遠卒成不毀似有德者天地以成羣物以生國家以寧萬事以平品物以正此智者所以樂於水也詩曰思樂泮水薄采其茆魯侯戾止在泮飲酒樂水之謂也

問者曰夫仁者何以樂於山也曰夫山者萬

民之所瞻仰也草木生焉萬物植焉飛鳥集焉走獸休焉四方益取與焉出雲道風從乎天地之間天地以成國家以寧此仁者所以樂於山也詩曰太山巖巖魯邦所瞻樂山之謂也

傳曰晉文公嘗出亡反國三行賞而不及陶叔狐陶叔狐謂咎犯曰吾從而亡十有一年顏色黷黑手足胼胝今反國三行賞而我不與焉君其忘我乎其有大過乎子試爲我言

之咎犯言之文公曰噫我豈忘是子哉高明至賢志行全成湛我以道說我以仁變化我行昭明我使我爲成人者吾以爲上賞恭我以禮防我以義藩援我使我不爲非者吾以爲次勇猛強武氣勢自御難在前則處前難在後則處後免我危難之中者吾以爲次然勞苦之士次之詩曰率履不越遂視既發今不內自訟過不悅百姓將何錫之哉

夫詐人者曰古今異情其所以治亂異道而

衆人皆愚而無知陋而無度者也於其所見猶可欺也况乎千歲之後乎彼詐人者門庭之間猶挾欺而况乎千歲之上乎然則聖人何以不可欺也曰聖人以已度人者也以心度心以情度情以類度類古今一也類不悖雖久同理故性緣理而不迷也夫五帝之前無傳人非無賢人久故也五帝之中無傳政非無善政久故也虞夏有傳政不如殷周之察也非無善政久故也夫傳者久則愈略近

則愈詳略則舉大詳則舉細故愚者聞其大不知其細聞其細不知其大是以久而差三王五帝政之至也詩曰帝命不違至于湯齊言古今一也

舜生於諸馮遷於負夏卒於鳴條東夷之人也文王生於岐周卒於畢郢西夷之人也地之相去也千有餘里世之相後也千有餘歲然得志行乎中國若合符節孔子曰先聖後聖其揆一也詩曰帝命不違至于湯齊

孔子觀於周廟有欹器焉孔子問於守廟者曰此謂何器也對曰此蓋爲宥座之器孔子曰聞宥座器滿則覆虚則欹中則正有之乎對曰然孔子使子路取水試之滿則覆中則正虚則欹孔子喟然而嘆曰嗚呼惡有滿而不覆者哉子路曰敢問持滿有道乎孔子曰持滿之道抑而損之子路曰損之有道乎孔子曰德行寬裕者守之以恭土地廣大者守之以儉禄位尊盛者守之以卑人衆兵強者

守之以畏聰明睿智者守之以愚博聞強記者守之以淺夫是之謂抑而損之詩曰湯降不遲聖敬日躋

周公踐天子之位七年布衣之士所贄而師者十人所友見者十二人窮巷白屋先見者四十九人時進善百人教士千人宮朝者萬人成王封伯禽於魯周公誡之曰往矣子無以魯國驕士吾文王之子武王之弟成王之叔父也又相天下吾於天下亦不輕矣然一

沐三握髮一飯三吐哺猶恐失天下之士吾聞德行寬裕守之以恭者榮土地廣大守之以儉者安禄位尊盛守之以卑者貴人衆兵強守之以畏者勝聰明睿智守之以愚者善博聞強記守之以淺者智夫此六者皆謙德也夫貴爲天子富有四海由此德也不謙而失天下亡其身者桀紂是也可不慎歟故易有一道大足以守天下中足以守其國家近足以守其身謙之謂也夫天道虧盈而益謙

地道變盈而流謙鬼神害盈而福謙人道惡盈而好謙是以衣成則必缺袵宮成則必缺隅屋成則必加拙示不成者天道然也易曰謙亨君子有終吉詩曰湯降不遲聖敬日躋誡之哉其無以魯國驕士也

傳曰子路盛服以見孔子孔子曰由䟽䟽者何也昔者江於濆其始出也不足以濫觴及其至乎江之津也不方舟不避風不可渡也非其衆川之多歟今汝衣服其盛顏色充滿

天下有誰加汝哉子路趨出改服而入蓋揖如也孔子曰由志之吾語汝夫慎於言者不譁慎於行者不伐色知而有長者小人也故君子知之爲知之不知爲不知言之要也能之爲能之不能爲不能行之要也言要則知行要則仁既知且仁又何加哉詩曰湯降不遲聖敬日躋

君子行不貴苟難説不貴苟察名不貴苟傳惟其當之爲貴夫負石而赴河行之難爲者

也而申徒狄能之君子不貴者非禮義之中
也山淵平天地比齊秦襲入乎耳出乎口鉤
有鬚卵有毛此說之難持者也而鄧析惠施
能之君子不貴者非禮義之中也盜跖吟口
名聲若日月與舜禹俱傳而不息君子不貴
者非禮義之中也故君子行不貴苟難說不
貴苟察名不貴苟傳維其當之爲貴詩曰不
競不絿不剛不柔
伯夷叔齊目不視惡色耳不聽惡聲非其君

不事非其民不使橫政之所出橫民之所止弗忍居也思與鄉人居若朝衣朝冠坐於塗炭也故聞伯夷之風者貪夫廉懦夫有立志至柳下惠則不然不羞汙君不辭小官進不隱賢必由其道阨窮而不憫遺佚而不怨與鄉人居愉愉然不去也雖袒裼裸裎於我側彼安能浼我哉故聞柳下惠之風鄙夫寬薄夫厚至乎孔子去魯遲遲乎其行也可以去而去可以止而止去父母國之道也伯夷聖

人之清者也柳下惠聖人之和者也孔子聖人之中者也詩曰不競不絿不剛不柔中庸和通之謂也

王者之等賦正事田野什一關市譏而不征山林澤梁以時入而不禁相地而正壤理道而致貢萬物群來無有流滯以相通移近者不隱其能遠者不疾其勞雖幽閒僻陋之國莫不趨使而安樂之夫是之謂王者之等賦正事詩曰敷政優優百祿是遒

孫卿與臨武君議兵於趙孝成王之前王曰敢問兵之要臨武君曰夫兵之要上得天時下得地利後之發先之至此兵之要也孫卿曰不然夫兵之要在附親士民而已六馬不和造父不能以致遠弓矢不調羿不能以中微士民不親附湯武不能以戰勝由此觀之要在於附親士民而已矣臨武君曰不然夫兵之用變故也其所貴謀詐也善用之者猶脫兔莫知其出孫吳用之無敵於天下由此

觀之豈待親士民而後可哉孫卿曰不然君之所道者諸侯之兵謀臣之事也臣之所道者仁人之兵聖王之事也彼可詐者必怠慢者也君臣上下之際突然有離德者也夫以跖而詐桀猶有工拙焉以桀而詐堯如以指撓沸以卵投石抱羽毛而赴烈火入則燋也夫何可詐也且夫暴國將孰與至哉彼其與至者必欺其民民之親我也芬若椒蘭歡如父子彼顧其上如憯毒蜂蠆之人雖桀跖豈

肯爲其所至惡賊其所至愛哉是猶使人之子孫自賊其父母也彼則先覺其失何可詐哉且仁人之兵聚則成卒散則成列延居則若莫邪之長刃嬰之者斷鋭居則若莫邪之利鋒當之者潰圓居則若丘山之不可移也方居則若磐石之不可拔也觸之摧角折節而退爾夫何可詐也詩曰武王載旆有虔秉鉞如火烈烈則莫我敢曷此謂湯武之兵也孝成王避席仰首曰寡人雖不敏請依先生

之兵也

受命之士正衣冠而立儼然人望而信之其次聞其言而信之其次見其行而信之既見其行而衆皆不信斯下矣詩曰慎爾言矣謂爾不信

昔者不出戶而知天下不窺牖而見天道非目能視乎千里之前非耳能聞乎千里之外以己之情量之也己惡飢寒焉則知天下之欲衣食也己惡勞苦焉則知天下之欲安佚

也已惡衰乏之焉則知天下之欲富足也知此三者聖王之所以不降席而匡天下故君子之道忠恕而已矣夫處飢渴苦血氣困寒暑動肌膚此四者民之大害也害不除未可教御也四體不掩則鮮仁人五藏空虛則無立士故先王之法天子親耕后妃親蠶先天下憂衣與食也詩曰父母何嘗心之憂矣之子無裳

詩外傳卷第三

詩外傳卷第四

韓嬰

紂作炮烙之刑王子比干曰主暴不諫非忠也畏死不言非勇也見過即諫不用即死忠之至也遂諫三日不去朝紂囚殺之詩曰昊天大憮予慎無辜

桀爲酒池可以運舟糟丘足以望十里而牛飲者三千人關龍逢進諫曰古之人君身行禮義愛民節財故國安而身壽今君用財若

無寵殺人若恐弗勝君若弗革天殃必降而誅必至矣君其革之立而不去朝桀囚而殺之君子聞之曰天之命矣詩曰昊天太憮予慎無辜

有大忠者有次忠者有下忠者有國賊者以道覆君而化之是謂大忠也以德調君而輔之是謂次忠也以諫非君而怨之是謂下忠也不恤乎公道之達義偷合苟同以持祿養者是謂國賊也若周公之於成王可謂大忠

也管仲之於相公可謂次忠也子胥之於夫差可謂下忠也曹觸龍之於紂可謂國賊也皆人臣之所爲也吉凶賢不肖之効也詩曰匪其止共惟王之邛

哀公問取人孔子曰無取健無取佞無取口讒健驕也佞諂也讒誕也故弓調然後求勁焉馬服然後求良焉士信慤而後求知焉士不信焉又多知譬之豺狼其難以身近也周書曰爲虎傅翼也不亦殆乎詩曰匪其止共

惟王之卭言其不恭其職事而病其主也

齊桓公獨以管仲謀伐莒而國人知之桓公謂管仲曰寡人獨爲仲父言而國人知之何也管仲曰意若國中有聖人乎今東郭牙安在桓公顧曰在此管仲曰子有言乎東郭牙曰然管仲曰子何以知之曰臣聞君子有三色是以知之管仲曰何謂三色曰歡忻愛說鐘鼓之色也愁悴哀憂衰絰之色也猛厲充實兵革之色也是以知之管仲曰何以知其

莒也對曰君東南面而指口張而不掩舌舉而不下是以知其莒也桓公曰善詩曰他人有心予忖度之東郭先生曰目者心之符也言者行之指也夫知者之於人也未嘗求知而後能知也觀容貌察氣志定取舍而人情畢矣詩曰他人有心予忖度之

今有堅甲利兵不足以施敵破虜弓良矢調不足射遠中微與無兵等爾有民不足強用嚴敵與無民等爾故盤石千里不爲有地愚

民百萬不爲有民詩曰維南有箕不可以簸揚維北有斗不可以挹酒漿

傳曰舜彈五絃之琴以歌南風而天下治周平公酒不離於前鐘石不解於懸而宇内亦治匹夫百畝一室不遑啓處無所移之也夫以一人而兼聽天下其日有餘而下治是使人爲之也夫擅使人之權而不能制衆於下則在位者非其人也詩曰維南有箕不可以簸揚維北有斗不可以挹酒漿言有位無其

事也
齊桓公伐山戎其道過燕燕君送之出境桓公問管仲曰諸侯相送固出境乎管仲曰非天子不出境桓公曰然畏而失禮也寡人不可使燕失禮乃割燕君所至之地以與之諸侯聞之皆朝於齊詩曰靜恭爾位好是正直神之聽之介爾景福
韶用干戚非至樂也舜兼二女非達禮也封黃帝之子十九人非法義也往田號泣未盡

命也以人觀之則是也以法量之則未也禮曰禮儀三百威儀三千詩曰靜恭爾位正直是與神之聽之式穀以女

禮者治辯之極也强國之本也威行之道也功名之統也王公由之所以一天下也不由之所以隕社稷也是故堅甲利兵不足以爲武高城深池不足以爲固嚴令繁刑不足以爲威由其道則行不由其道則廢昔楚人鮫革犀兕以爲甲堅如金石宛如鉅虵慘若蜂

蠆輕利剛疾卒如飄風然兵殆於垂沙唐子死莊蹻走楚分爲三四者此豈無堅甲利兵也哉所以統之非其道故也汝淮以爲險江漢以爲池緣之以方城限之以鄧林然秦師至於鄢郢舉若振槁然是豈無固塞限險也哉其所以統之者非其道故也紂殺比干而囚箕子爲炮烙之刑殺戮無時羣下愁怨皆莫冀其命然周師至令不行乎左右而豈其無嚴令繁刑也哉其所以統之者非其道故

也若夫明道而均分之誠愛而時使之則下之應上如影響矣有不由命然後俟之以刑刑一人而天下服下不非其上知罪在巳也是以刑罰競消而威行如流者無他由是道故也詩曰自東自西自南自北無思不服如是則近者歌謳之遠者赴趨之幽間僻陋之國莫不趨使而安樂之若赤子之歸慈毋者何也仁刑義立教誠愛深禮樂交通故也詩曰禮儀卒度笑語卒獲

君人者以禮分施均徧而不偏臣以禮事君忠順而不解父寬惠而有禮子敬愛而致恭兄慈愛而見友弟敬詘而不慢夫照臨而有別妻柔順而聽從若夫行之而不中道即恐懼而自竦此全道也偏立則亂具立則治請問兼能之奈何曰審禮昔者先王審禮以惠天下故德及天地動無不當夫君子恭而不難敬而不鞏貧窮而不約富貴而不驕應變而不窮審之禮也故君子於禮也敬而安之

其於事也經而不失其於人也寬裕寡怨而弗阿其於儀也脩飾而不危其應變也齊給便捷而不累其於百官伎藝之人也不與爭能而致用其功其於天地萬物也不拂其所而謹裁其盛其待上也忠順而不解其使下也均遍而不偏其於交遊也緣類而有義其於鄉曲也容而不亂是故窮則有名通則有功仁義兼覆天下而不窮明通天地理萬變而不疑血氣平和志意廣大行義塞天地仁

知之極也夫是謂先王審之禮也若是則老者安之少者懷之朋友信之如赤子之歸慈母也曰仁刑義立教誠愛深禮樂交通故也詩曰禮儀卒度笑語卒獲

晏子聘魯上堂則趨授玉則跪子貢怪之問孔子曰晏子知禮乎今者晏子來聘魯上堂則趨授玉則跪何也孔子曰其有方矣待其見我我將問焉俄而晏子至孔子問之晏子對曰夫上堂之禮君行一臣行二今君行疾

臣敢不趨乎今君之授幣也卑臣敢不跪乎孔子曰善禮中又有禮賜寡使也何足以識禮也詩曰禮儀卒度笑語卒獲晏子之謂也

古者八家而井田方里爲一井廣三百步長三百步爲一里其田九百畝廣一步長百步爲一畝廣百步長百步爲百畝八家爲鄰家得百畝餘夫各得二十五畝家爲公田十畝餘二十畝共爲廬舍各得二畝半八家相保出入更守疾病相憂患難相救有無相貸飲

食相召嫁娶相謀漁獵分得仁恩施行是以其民和親而相好詩曰中田有廬疆埸有瓜今或不然令民相伍有罪相伺有刑相舉使搆造怨仇而民相殘傷和睦之心賊仁恩害士化所和者寡欲敗者多於仁道泯焉詩曰其何能淑載胥及溺

天子不言多少諸侯不言利害大夫不言得喪士不言通財貨不賈於道故駟馬之家不恃雞豚之息伐冰之家不圖牛羊之入千乘

之君不通貨財冢卿不脩幣施大夫不爲塲圃委積之臣不貪市井之利是以貧窮有所懽而孤寡有所措其手足也詩曰彼有遺秉此有滯穗伊寡婦之利

人主欲得善射及遠中微則懸貴爵重賞以招致之內不阿子弟外不隱遠人能中是者取之是豈不謂之大道也哉雖聖人弗能易也今欲治國馭民調一上下將內以固城外以拒難治則制人人弗能制亂則危削滅亡

可立待也然而求卿相輔佐獨不如是之公惟便辟比巳之是用豈不謂過乎故有社稷莫不欲安俄則危矣莫不欲存俄則亡矣古之國千餘今無數十其故何也莫不失於是也故明主有私人以百金名珠玉而無私以官職事業者何也曰本不利所私也彼不能而主使之是闇王也臣不能而爲之是詐臣也主闇於上臣詐於下滅亡無日矣俱害之道也故惟明主能愛其所愛闇主則必危其

所愛夫文王非無便辟親比已者超然乃舉太公於舟人而用之豈私之哉以爲親邪則異族之人也以爲故耶則未嘗相識也以爲姣好耶則太公年七十二齳然而齒墮矣然而用之者文王欲立貴道欲白貴名兼制天下以惠中國而不可以獨故舉是人而用之貴道果立貴名果白兼制天下立國七十一姬姓獨居五十二周之子孫苟不狂惑莫不爲天下顯諸侯夫是之謂能愛其所愛矣故

惟明主能愛其所愛闇主必危其所愛此之謂也大雅曰貽厥孫謀以燕翼子小雅曰死喪無日無幾相見危其所愛之謂也

問者不告告者勿問有諍氣者勿與論必由其道至然後接之非其道則避之故禮恭然後可與言道之方辭順然後可與言道之理色從然後可與言道之極故未可與言而言謂之瞽可與言而不與言謂之隱君子不瞽言謹其序詩曰彼交匪紓天子所予言必交

吾志然後予子爲親隱義不得正君誅不義仁不得受雖違仁害義法在其中矣詩曰優哉游哉亦是戾矣

齊桓公問於管仲曰王者何貴曰貴天桓公仰而視天管仲曰所謂天非蒼莽之天也王者以百姓爲天百姓與之則安輔之則強非之則危倍之則亡詩曰民之無良相怨一方民皆居一方而怨其上不亡者未之有也

善御者不忘其馬善射者不忘其弓善爲上者不忘其下誠愛而利之四海之内闔若一家不愛而利子或殺父而況天下乎詩曰民之無良相怨一方

出則爲宗族患入則爲鄉里憂詩曰如蠻如髦我是用憂小人之行也

有君不能事有臣欲其忠有父不能事有子欲其孝有兄不能敬有弟欲其從令詩曰受爵不讓至于巳斯亡言能知於人而不能自

知也
夫當世之愚飾邪說文姦言以亂天下欺惑
衆愚使混然不知是非治亂之所存者則是
范雎魏牟田文莊周慎到田駢墨翟宋鈃鄧
析惠施之徒也此十子者皆順非而澤聞見
雜博然而不師上古不法先王按往舊造說
務自爲工道無所遇而人相從故曰十子者
之工說說皆不足合大道美風俗治綱紀然
其持之各有故言之皆有理足以欺惑衆愚

交亂樸鄙則是十子之罪也若夫總方畧一
統類齊言行羣天下之英傑告之以大道教
之以至順隩要之間衽席之上簡然聖王之
文具沛然平世之俗趨工說者不能入也十
子者不能親也無置錐之地而王公不能與
争名則是聖人之未得志者也仲尼是也舜
禹是也仁人將何務哉上法舜禹之制下則
仲尼之義以務息十子之說如是者仁人之
事畢矣天下之害除矣聖人之迹著矣詩曰

雨雪瀌瀌見晛曰消

君子大心則敬天而道小心則畏義而節知則明達而類愚則端慤而法喜則和而治憂則靜而違達則寧而容窮則納而詳小人大心則慢而暴小心則淫而傾知則攫盗而徼愚則毒賊而亂喜則輕易而快憂則挫而懾達則驕而偏窮則棄而累其肢體之序與禽獸同節言語之暴與蠻夷不殊出則為宗族患入則為鄉里憂詩曰如蠻如髦我則用憂

傳曰愛由情出謂之仁節愛理宜謂之義致愛恭謹謂之禮文禮謂之容禮容之美自足以爲治故其言可以爲民道民從是言也行可以爲民法民從是行也書之於策傳之於志萬世子子孫孫道而不舍由之則治失之則亂由之則生失之則死今夫肢體之序與禽獸同節言語之暴與蠻夷不殊混然無道此明王聖主之所罪詩曰如蠻如髦我是用憂

客有說春申君者曰湯以七十里文王百里皆兼天下一海内今夫孫子者天下之賢人也君藉之百里之勢臣竊以爲不便於君若何春申君曰善於是使人謝孫子去而之趙趙以爲上卿客又說春申君曰昔伊尹去夏之殷殷王而夏亡管仲去魯而入齊魯弱而齊強由是觀之夫賢者之所在其君未嘗不善其國未嘗不安也今孫子天下之賢人何謂辭而去春申君又云善於是使請孫子孫

子因僞喜謝之鄙語曰癘憐王此不恭之語也雖不可不審也非比爲劫殺死亡之主者也夫人主年少而放無術法以知奸即大臣以專斷圖私以禁誅於己也故捨賢長而立幼弱廢正直而用不善故春秋之志曰楚王之子圍聘於鄭未出境聞王疾返問疾遂以冠纓絞王而殺之因自立齊崔杼之妻美莊公通之崔杼不許欲自刃於廟莊公走出踰於外牆射中其股遂殺而立其弟景公近世

所見李兌用趙餓主父於沙丘百日而殺之淖齒用齊擢閔王之筋而懸之於廟宿昔而殺之夫癘雖癰腫痂疵上比遠世未至絞頸射股也下比近世未至擢筋餓死也夫刦殺死亡之主心之憂勞形之苦痛必甚於癘矣由此觀之癘雖憐王可也因爲賦曰琁玉瑤珠不知珮雜布與錦不知異閭娵子都莫之媒嫫母力父是之喜以盲爲明以聾爲聰以是爲非以吉爲凶嗚呼上天曷維其同詩曰

上帝甚蹈無自瘵焉

南苗異獸之鞹猶犬羊也與之於人猶死之藥也安舊修質習貫易性而然也夫狂者自齕忘其非芻豢也飯土而忘其非粱飯也然則楚之狂者楚言齊之狂者齊言習使然也夫習之於人微而著深而固是暢於筋骨貞於膠漆是以君子務爲學也詩曰既見君子德音孔膠

孟子曰仁人心也義人路也舍其路弗由放

其心而弗求人有雞犬放則知求之有放心而不知求其於心爲不若雞犬哉不知類之甚矣悲夫終亦必亡而已矣故學問之道無他焉求其放心而已詩曰中心藏之何日忘之

道雖近不行不至事雖小不爲不成每自多者出人不遠矣夫巧弓在此手也傳角被筋膠漆之和即可以爲萬乘之寶也及其彼手而賈不數銖人同材鈞而貴賤相萬者盡心

致志也詩曰中心藏之何日忘之

傳曰誠惡惡知刑之本誠善善知敬之本惟誠感神達乎民心知刑敬之本則不怒而威不言而信誠德之主也詩曰鼓鐘于宮聲聞于外

孔子見客客去顔淵曰客仁也孔子曰恨兮其心顙兮其口仁則吾不知也言之所聚也顔淵蹙然變色曰良玉度尺雖有十仞之土不能掩其光良珠度寸雖有百仞之水不能

掩其瑩夫形體也色心也閔閔乎其薄也苟有温良在中則眉睫著之矣疵瑕在中則眉睫不能匿之詩曰鼓鐘于宫聲聞于外僞詐不可長空虚不可守朽木不可雕情亡不可乆詩曰鐘鼓于宫聲聞于外言有中者必能見外也

所謂庸人者口不能道乎善言心不能知先王之法動作而不知所務止立而不知所定曰選於物而不知所貴不知選賢人善士而

詐其身焉從物而流不知所歸五藏無政心從而壞遂不反是以動而形危靜則名辱詩曰之子無良二三其德

客有見周公者應之於門曰何以道旦也客曰在外即言外在内即言内入乎將毋周公曰請入客曰立即言義坐即言仁坐乎將毋周公曰請坐客曰疾言則翕翕徐言則不聞言乎將毋周公唯唯旦也踰明日興師而誅管蔡故客善以不言之說周公善聽不言之

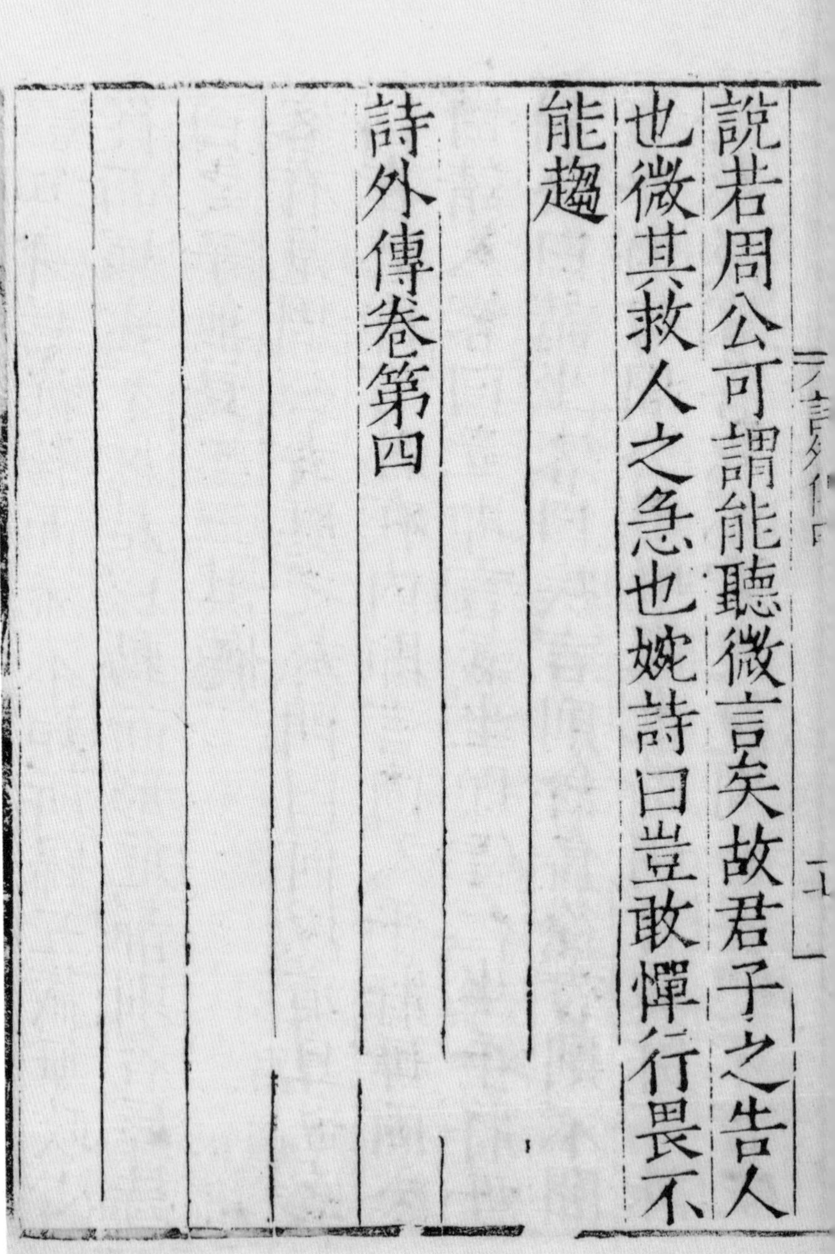

說若周公可謂能聽微言矣故君子之告人也微其救人之急也婉詩曰豈敢憚行畏不能趨

詩外傳卷第四

詩外傳卷第五

韓嬰

子夏問曰關雎何以爲國風始也孔子曰關雎至矣乎夫關雎之人仰則天俯則地幽幽冥冥德之所藏紛紛沸沸道之所行如神龍變化斐斐文章大哉關雎之道也萬物之所繫羣生之所懸命也河洛出書圖麟鳳翔乎郊不由關雎之道則關雎之事將奚由至矣哉夫六經之策皆歸論汲汲蓋取之乎關雎

關雎之事大矣哉馮馮翊翊自東自西自南自北無思不服子其勉強之思服之天地之間生民之屬王道之原不外此矣子夏喟然嘆曰大哉關雎乃天地之基也詩曰鍾鼓樂之

孔子抱聖人之心彷徨乎道德之域逍遥乎無形之鄉倚天理觀人情明終始知得失故興仁義厭勢利以持養之于時周室微王道絶諸侯力政強刼弱衆暴寡百姓靡安莫之

紀綱禮儀廢壞人倫不理於是孔子自東自西自南自北匍匐救之

王者之政賢能不待次而舉不肖不待須臾而廢元惡不待教而誅中庸不待政而化分未定也則有昭穆雖公卿大夫之子孫也行絕禮儀則歸之庶人遂傾覆之民牧而試之雖庶民之子孫也積學而正身行能禮儀則歸之士大夫敬而待之安則畜不安則棄反側之民上收而事之官而衣食之王覆無遺

材行反時者死之無赦謂之天誅是王者之政也詩曰人而無儀不死何爲

君者民之源也源清則流清源濁則流濁故有社稷者不能愛其民而求民親已愛已不可得也民不親不愛而求爲已用爲已死不可得也民弗爲用弗爲死而求兵之勁城之固不可得也兵不勁城不固而欲不危削滅亡不可得也夫危削滅亡之情皆積於此而求安樂是閒不亦難乎是枉生者也悲夫枉

生者不須時而滅亡矣故人主欲强固安樂莫若反己欲附下一民則莫若及之政欲脩政美俗則莫若求其人彼其人者生今之世而志乎古之世以天下之王公莫之好也而是子獨好之以民莫之爲也而是子獨爲之也抑爲之者窮而是子猶爲之而無是須臾怠焉差焉獨明夫先王所以遇之者所以失之者知國之安危臧否若别白黑則是其人也人主欲强固安樂則莫若與其人爲之巨

用之則天下爲一諸侯爲臣小用之則威行隣國莫之能御若殷之用伊尹周之遇太公可謂巨用之矣齊之用管仲楚之用孫叔敖可爲小用之矣巨用之者如彼小用之者如此也故曰粹而王駁而霸無一而亡詩曰四國無政不用其良不用其良臣而不亡者未之有也

造父天下之善御者矣無車馬則無所見其能羿天下之善射者矣無弓矢則無所見其

巧彼大儒者調一天下者也無百里之地則無所見其功夫車固馬選而不能以致千里者則非造父也弓調矢直而不能射遠中微者則非羿也用百里之地而不能調一天下制四夷者則非大儒也彼大儒者雖隱居窮巷陋室無置錐之地而王公不能與爭名矣用百里之地則千里國不能與之爭勝矣箠笞暴國一齊天下莫之能傾是大儒之勳其言有類其行有禮其舉事無悔其持檢應變

曲當與時遷徙與世偃仰千舉萬變其道一也是大儒之稽也故有俗人者有俗儒者有雅儒者有大儒者耳不聞學行無正義迷迷然以富利爲隆是俗人也逢衣博帶畧法先王而足亂世術謬學雜眞衣冠言行爲已同於世俗而不知其惡也言談議說已無異於老墨而不知分是俗儒者也法先王一制度言行有大法而明不能濟法教之所不及聞見之所未至知之爲知之不知爲不知内不

自誣外不誣人以是尊賢敬法而不敢怠傲焉是雅儒者也法先王依禮義以淺持博以一行萬苟有仁義之類雖鳥獸若别黑白奇物變怪所未嘗聞見卒然起一方則舉統類以應之無所疑援法而度之奄然如合符節是大儒者也故人主用俗人則萬乘之國亡用俗儒則萬乘之國存用雅儒則千里之國安用大儒則百里之地久而三年天下諸侯爲臣用萬乘之國則舉錯定於一朝之間詩

曰周雖舊邦其命維新文王亦可謂大儒已矣

楚成王讀書於殿上而倫扁在下作而問曰不審主君所讀何書也成王曰先聖之書倫扁曰此眞先聖王之糟粕耳非美者也成王曰子何以言之倫扁曰以臣輪言之夫以規爲圓矩爲方此其可付乎子孫者也若夫合三木而爲一應乎心動乎體其不可得而傳者也則凡所傳眞糟粕耳故唐虞之法可得

而致也其喻人心不可及矣詩曰上天之載無聲無臭其孰能及之

孔子學鼓琴於師襄子而不進師襄子曰夫子可以進矣孔子曰丘巳得其曲矣未得其數也有間曰夫子可以進矣曰丘巳得其數矣未得其意也有間復曰夫子可以進矣曰丘巳得其人矣未得其類也有間曰邈然遠望洋洋乎翼翼乎必作此樂也黙然思戚然而悵以王天下以朝諸侯者其惟文王乎師

襄子避席再拜曰善師以爲文王之操也故孔子持文王之聲知文王之爲人師襄子曰敢問何以知其文王之操也孔子曰然夫仁者好偉和者好粉智者好彈有殷懃之意者好麗丘是以知文王之操也

傳曰聞其末而達其本者聖也紂之爲主勞民力寃酷之令加於百姓憯悽之惡施於大臣羣下不信百姓疾怨故天下叛而願爲文王臣紂自取之也夫貴爲天子富有天下及

周師至而令不行乎左右悲夫當是之時索爲匹夫不可得也詩曰天位殷適使不俠四方夫五色雖明有時而渝豐交之木有時而落物有成衰不得自若故三王之道周則復始窮則反本非務變而已將以止惡扶微絀繆淪非調和陰陽順萬物之宜也詩曰勉勉我王綱紀四方

禮者則天地之體因人之情而爲之節文者也無禮何以正身無師安知禮之是也禮然

而然是情安於禮也師云而云是知若師也情安禮知若師則是君子之道言中倫行中理天下順矣詩曰不識不知順帝之則

上不知順孝則民不知反本君不知敬長則民不知貴親禘祭不敬山川失時則民無畏矣不教而誅則民不識勸也故君子脩身及孝則民不倍矣敬孝達乎下則民知慈愛矣好惡諭乎百姓則下應其上如影響矣是則兼制天下定海內臣萬姓之要法也明王聖

主之所不能須臾而舍也詩曰成王之孚下土之式永言孝思孝思惟則

成王之時有三苗貫桑而生同爲一秀大幾滿車長幾充箱成王問周公曰此何物也周公曰三苗同一秀意者天下殆同一也比幾三年果有越嘗氏重九譯而至獻白雉於周公道路悠遠山川幽深恐使人之未達也故重譯而來周公曰吾何以見賜也譯曰吾受命國之黃髮曰久矣天之不迅風疾雨也海

不波溢也三年於茲矣意者中國殆有聖人盍往朝之於是來也周公乃敬求其所以來詩曰於萬斯年不遐有佐

登高臨深遠見之樂臺榭不若丘山所見高也平原廣望博觀之樂沼池不如川澤所見博也勞心苦思從欲極好靡財傷情毀名損壽悲夫傷哉窮君之反於是道而愁百姓詩曰上帝板板下民卒癉

儒者儒也儒之爲言無也不易之術也千舉

萬變其道不窮六經是也若夫君臣之義父子之親夫婦之别朋友之序此儒者之所謹守日切磋而不舍也雖居窮巷陋室之下而内不足以充虛外不足以蓋形無置錐之地明察足以持天下大舉在人上則王公之材也小用使在位則社稷之臣也雖巖居穴處而王侯不能與爭名何也仁義之化存爾如使王者聽其言信其行則唐虞之法可得而觀頌聲可得而聽詩曰先民有言詢于芻蕘

取謀之博也

傳曰天子居廣廈之下帷帳之内旃茵之上被躧舄視不出閫莽然而知天下者以其賢左右也故獨視不若與衆視之明也獨聽不若與衆聽之聰也獨慮不若與衆慮之工也故明王使賢臣輻湊並進所以通中正而致隱居之士詩曰先民有言詢于蒭蕘此之謂也

天設其高而日月成明地設其厚而山陵成

名上設其道而百事得序自周衰壞以來王道廢而不起禮義絕而不繼秦之時非禮義棄詩書略古昔大滅聖道專爲苟妄以貪利爲俗以較獵爲化而天下大亂於是兵作而火起暴露居外而民以侵漁遏奪相攘爲服習離聖王光烈之日久遠未嘗見仁義之道被禮樂之風是以囂頑無禮而肅敬日益凌遲以威武相攝妄爲佞人不避禍患此其所以難治也人有六情目欲視好色耳欲聽宮

商鼻欲嗅芬香口欲嗜甘旨其身體四肢欲
安而不作衣欲被文繡而輕暖此六者民之
六情也失之則亂從之則穆故聖王之教其
民也必因其情而節之以禮必從其欲而制
之以義義簡而備禮易而法去情不遠故民
之從命也速孔子知道之易行曰詩云牖民
孔易非虛辭也

繭之性爲絲弗得女工燔以沸湯抽其統理
不成爲絲卵之性爲雛不得良雞覆伏孚育

積日累久則不成爲雛夫人性善非得明王聖主扶携内之以道則不成爲君子詩曰天生蒸民其命匪諶靡不有初鮮克有終言惟明王聖主然後使之然也

智如泉源行可以爲表儀者人師也智可以砥行可以爲輔弼者人友也據法守職而不敢爲非者人吏也當前決意一呼再喏者人隸也故上主以師爲佐中主以友爲佐下主以吏爲佐危亡之主以隸爲佐語曰淵廣者

其魚大主明者其臣慧相觀而志合必由其中故同明相見同音相聞同志相從非賢者莫能用賢故輔弼左右所任使者有存亡之機得失之要也可無慎乎詩曰不明爾德時無背無側爾德不明以無陪無卿

昔者禹以夏王桀以夏亡湯以殷王紂以殷亡故無常安之國宜治之民得賢則昌不肖則亡自古及今未有不然者也夫明鏡者所以照形也往古者所以知今也夫知惡往古

之所以危亡而不襲蹈其所以安存者則無以異乎却行而求逮於前人鄙語曰不知爲吏視已成事或曰前車覆而後車不誡是以後車覆也故夏之所以亡者而殷爲之殷之所以亡者而周爲之故殷可以鑒於夏而周可以鑒於殷詩曰殷鑒不遠在夏后之世

傳曰驕溢之君寡忠口惠之人鮮信故盈把之木無合拱之枝榮澤之水無吞舟之魚根淺則枝葉短本絕則枝葉枯詩曰枝葉未有

害本實先撥禍福自巳出也

水淵深廣則龍魚生之山林茂盛則禽獸歸之禮義脩明則君子懷之故禮及身而行脩禮及國而政明能以禮扶身則貴名自揚天下順焉令行禁止而王者之事畢矣詩曰有覺德行四國順之夫此之謂矣

孔子曰夫談說之術齊莊以立之端誠以處之堅強以待之辟稱以喻之分以明之歡忻芬芳以送之寶之珍之貴之神之如是則說

恆無不行矣夫是之謂能貴其所貴若夫無類之說不形之行不贊之辭君子慎之詩曰無易由言無曰苟矣

夫百姓内不乏食外不患寒則可教御以禮義矣詩曰蒸畀祖妣以洽百禮百禮洽則百意遂百意遂則陰陽調陰陽調則寒暑均寒暑均則三光清三光清則風雨時風雨時則群生寧如是而天道得矣是以不出戶而知天下不窺牖而見天道詩曰惟此聖人瞻言

百里於鑠王師遵養時晦言相養之至于晦也

天有四時春夏秋冬風雨霜露無非教也清明在躬氣志如神嗜欲將至有開必先天降時雨山川出雲詩曰崧高維嶽駿極于天維嶽降神生甫及申維申及甫維周之翰四國于蕃四方于宣此文武之德也

三代之王也必先其令名詩曰明明天子令聞不已矢其文德洽此四國此大王之德也

藍有青而絲假之青於藍地有黃而絲假之黃於地藍青地黃猶可假也仁義之事不可假乎哉東海之魚名曰鰈比目而行不相得不能達北方有獸名曰婁更食而更視不相得不能飽南方有鳥名曰鶼比翼而飛不相得不能舉西方有獸名曰蟨前足鼠後足兔得甘草必銜以遺蛩蛩距虛其性非能蛩蛩距虛將爲假之故也夫鳥獸魚猶相假而況萬乘之主而獨不知假此天下英雄俊士與

之爲伍則豈不病哉故曰以明扶明則昇于天以明扶闇則歸其人兩瞽相扶不傷墻木不陷井穽則其幸也詩曰惟彼不順往以烝垢闇行也

福生於無爲而患生於多欲知足然後富從之德宜君人然後貴從之故貴爵而賤德者雖爲天子不尊矣貪物而不知止者雖有天下不富矣夫土地之生不益山澤之出有盡懷不富之心而求不益之物挾百倍之欲而

求有盡之財是桀紂之所以失其位也詩曰
大風有隧貪人敗類
哀公問於子夏曰必學然後可以安國保民
乎子夏曰不學而能安國保民者未之有也
哀公曰然則五帝有師乎子夏曰臣聞黃帝
學乎大墳顓頊學乎祿圖帝嚳學乎赤松子
堯學乎務成子附舜學乎尹壽禹學乎西王
國湯學乎貸乎相文王學乎錫疇子斯武王
學乎太公周公學乎虢叔仲尼學乎老聃此

十一聖人未遭此師則功業不能著乎天下名號不能傳乎後世者也詩曰不愆不忘率由舊章

德也者包天地之大配日月之明立乎四時之周臨乎陰陽之交寒暑不能動也四時不能化也歛乎太陰而不濕散乎太陽而不枯鮮潔清明而備嚴威毅疾而神至精而妙乎天地之間者德也微聖人其孰能與於此矣詩曰德輶如毛民鮮克舉之

如歲之旱草不潰茂然天勃然興雲沛然下雨則萬物無不興起之者民非無仁義根於心者也王政怵迫而不得見憂鬱而不得出聖王在彼躧爲視不出閤而天下隨倡而天下和何如在此有以應哉詩曰如彼歲旱草不潰茂

道者何也曰君之所道也君者何也曰群也爲天下萬物而除其害者謂之君王者何也曰往也天下往之謂之王曰善養生者故人

尊之善辯治人者故人安之善設顯人者故人親之善粉飾人者故人樂之四統者具天下往之四統無一而天下去之往之謂之王去之謂之亡故曰道存則國存道亡則國亡夫省工商衆農人謹盜賊除姦邪是所以生養之也天子三公諸侯一相大夫擅官士保職莫不治理是所以辯治之也（各本皆失設顯一段）決德而定次量能而授官賢以爲三公賢以爲諸侯次則爲大夫是所以粉飾之也故自天

子至於庶人莫不稱其能得其意安樂其事是所同也若夫重色而成文累味而備珍則聖人所以分賢愚明貴賤故道得則澤流羣生而福歸王公澤流羣生則下安而和福歸王公則上尊而榮百姓皆懷安和之心而樂戴其上夫是之謂下治而上通下治而上通頌聲之所以興也詩曰降福簡簡威儀反反既醉既飽福禄來反

聖人養一性而御夫氣持一命而節滋味奄

治天下不遺其小存其精神以補其中謂之士詩曰不競不絿不剛不柔言得中也朝廷之士爲祿故入而不出山林之士爲名故往而不返入而亦能出往而亦能返通移有常聖也詩曰不競不絿不剛不柔言得中也

孔子侍坐於季孫季孫之宰通曰君使人假馬其與之乎孔子曰吾聞君取於臣謂之取不曰假季孫悟告宰通曰今以往君有取謂

之取無曰假孔子曰正假馬之言而君臣之義定矣論語曰必也正名乎詩曰君子無易由言

詩外傳卷第五

詩外傳卷第六

韓嬰

比干諫而死箕子曰知不用而言愚也殺身以彰君之惡不忠也二者不可然且爲之不祥莫大焉遂解髮佯狂而去君子聞之曰勞矣箕子盡其精神竭其忠愛見比干之事免其身仁知之至詩曰人亦有言靡哲不愚

齊桓公見小臣三往不得見左右曰夫小臣國之賤臣也君三往而不得見其可已矣桓

公曰惡是何言也吾聞之布衣之士不欲富貴不輕身於萬乘之君萬乘之君不好仁義不輕身於布衣之士縱夫子不欲富貴可也吾不好仁義不可也五往而得見也天下諸侯聞之謂桓公猶下布衣之士而況國君乎於是相率而朝靡有不至桓公之所以九合諸侯一匡天下者此也詩曰有覺德行四國順之

賞勉罰偷則民不怠兼聽齊明則天下歸之

然後明其分職考其事業較其官能莫不理法則公道達而私門塞公義立而私事息如是則持厚者進而佞諂者止貪戾者退而廉節者起周制曰先時者死無赦不及時者死無赦人習事而因人之事使如耳目鼻口之不可相錯也故曰職分而民不慢次定而序不亂兼聽齊明而百事不留如是則群下百吏莫不脩已然後敢安仕成能然後敢受職小人易心百姓易俗奸究之屬莫不反慤夫

是之爲政教之極則不可加矣詩曰訏謨定命遠猶辰告敬愼威儀惟民之則

子路治蒲三年孔子過之入境而善之曰由恭敬以信矣入邑曰善哉由忠信以寬矣至庭曰善哉由明察以斷矣子貢執轡而問曰夫子未見由而三稱善可得聞乎孔子曰入其境田疇草萊甚辟此恭敬以信故民盡力入其邑墉屋甚尊樹木甚茂此忠信以寬其民不偷其庭甚閑此明察以斷故民不擾也

詩曰夙興夜寐灑掃庭内

古者有命民之有能敬長憐孤取捨好讓居事力者命於其君然後命得乘飾車駢馬未得命者不得乘飾車駢馬皆有罰故民雖有餘財侈物而無禮義功德則無所用故皆興仁義而賤財利賤財利則不爭不爭則強不陵弱衆不暴寡是君之所以象典刑而民莫犯法民莫犯法而亂斯止矣詩曰質爾人民謹爾侯度用戒不虞

天下之辯有三至五勝而辭置下辯者别殊類使不相害序異端使不相悖輸公通意揚其所謂使人預知焉不務相迷也是以辯者不失所守不勝者得其所求故辯可觀也夫繁文以相假飾辭以相悖數譬以相移外人之身使不得反其意則論便然後害生也夫不疏其指而弗知謂之隱外意外身謂之諱幾廉倚跌謂之移指緣謬辭謂之苟四者所不爲也故理可同睹也夫隱諱移苟爭言競

爲而後息不能無害其爲君子也故君子不爲也論語曰君子於其言無所苟而已矣詩曰無易由言無曰苟矣

吾語子夫服人之心高上尊貴不以驕人聰明聖知不以幽人勇猛強武不以侵人齊給便捷不以欺誣人不能則學不知則問雖知必讓然後爲知遇君則修臣下之義出鄉則脩長幼之義遇長老則修弟子之義遇等夷則修朋友之義遇少而賤者則修告道寬裕

之義故無不愛也無不敬也無與人爭也曠然而天地苞萬物也如是則老者安之少者懷之朋友信之詩曰惠于朋友庶民小子子孫繩繩萬民靡不承

仁者必敬其人敬其人有道遇賢者則愛親而敬之遇不肖者則畏疏而敬之其敬一也其情二也若夫忠信端愨而不害傷則無接而不然是仁之質也仁以爲質義以爲理開口無不可以爲人法式者詩曰不僭不賊鮮

不爲則

子曰不學而好思雖知不廣矣學而慢其身雖學不尊矣不以誠立雖立不久矣誠未著而好言雖言不信矣美材也而不聞君子之道隱小物以害大物者災必及身矣詩曰其何能淑載胥及溺

民勞思佚治暴思仁刑危思安國亂思天詩曰靡有旅力以念穹蒼

問者曰古之謂知道者曰先生何也猶言先

醒也不聞道術之人則冥於得失不知亂之所由眊眊乎其猶醉也故世主有先生者有後生者有不生者昔者楚莊王謀事而居有憂色申公巫臣問曰王何爲有憂也莊王曰吾聞諸侯之德能自取師者王能自取友者霸而與居不若其身者亡以寡人之不肖也諸大夫之論莫有及於寡人是以憂也莊王之德宜君人威服諸侯日猶恐懼思索賢佐此其先生者也昔者宋昭公出亡謂其御曰

吾知其所以亡矣御者曰何哉昭公曰吾被服而立侍御者數十人無不曰吾君麗者也吾發言動事朝臣數百人無不曰吾君聖者也吾外內不見吾過失是以亡也於是改操易行安義行道不出二年而美聞於宋宋人迎而復之謚爲昭此其後生者也昔郭君出郭謂其御者曰吾渴欲飲御者進清酒曰吾飢欲食御者進乾脯粱糗曰何備也御者曰臣儲之曰奚儲之御者曰爲君之出亡而道

飢渴也曰子知吾且亡乎御者曰然曰何不以諫也御者曰君喜道諛而惡至言臣欲進諫恐先郭亡是以不諫也郭君作色而怒曰吾所以亡者誠何哉御轉其辭曰君之所以亡者太賢曰夫賢者所以不爲存而亡者何也御曰天下無賢而獨賢是以亡也伏軾而嘆曰嗟乎失賢人者如此乎於是身倦力解枕御膝而卧御自易以備蹠行而去身死中野爲虎狼所食此其不生者故先生者當年

霸楚莊王是也後生者三年而復宋昭公是也不生者死中野爲虎狼所食郭君是也有先生者後生者有不生者詩曰聽言則對誦言如醉

田常弑簡公乃盟于國人曰不盟者死及家石他曰古之事君者死其君之事舍君以全親非忠也捨親以死君之事非孝也他則不能然不盟是殺吾親也從人而盟是背吾君也嗚呼生亂世不得正行刼乎暴人不得全

義悲夫乃進盟以免父母退伏劒以死其君聞之者曰君子哉安之命矣詩曰人亦有言進退惟谷石先生之謂也

易曰困于石據于蒺藜入于其宮不見其妻凶此言困而不見據賢人者也昔者秦繆公困於殽疾據五羖大夫蹇叔公孫友而小霸晉文困於驪氏疾據咎犯趙衰介子推而遂爲君越王勾踐困於會稽疾據范蠡大夫種而霸南國齊桓公困於長勺疾據管仲甯戚

隰朋而匡天下此皆困而知疾據賢人者也夫困而不知疾據賢人而不亡者未嘗有之也詩曰人之云亡邦國殄瘁無善人之謂也

孟子說齊宣王而不說淳于髡侍孟子曰今日說公之君公之君不說意者其未知善之爲善乎淳于髡曰夫子亦誠無善耳昔者瓠巴鼓瑟而潛魚出聽伯牙鼓琴而六馬仰秣魚馬猶知善之爲善而況君人者也孟子曰夫電雷之起也破竹折木震驚天下而不能

使聾者卒有聞日月之明徧照天下而不能
使盲者卒有見今公之君若此也淳于髡曰
不然昔者揖封生高商齊人好歌杞梁之妻
悲哭而人稱詠夫聲無細而不聞行無隱而
不形夫子苟賢居魯而魯國之削何也孟子
曰不用賢削何有也吞舟之魚不居潛澤度
量之士不居汙世夫𦶜冬至必彫吾亦時矣
詩曰不自我先不自我後非遭彫世者歟
孔子曰可與言終日而不倦者其惟學乎其

身體不足觀也勇力不足憚也族姓不足稱也宗祖不足道也而可以聞於四方而昭於諸侯者其惟學乎詩曰不愆不忘率由舊章大學之謂也

子曰不知命無以爲君子言天之所生皆有仁義禮智順善之心不知天之所以命生則無仁義禮智順善之心無仁義禮智順善之心謂之小人故曰不知命無以爲君子小雅曰天保定爾亦孔之固言天之所以仁義禮

智保定人之甚固也大雅曰天生蒸民有物有則民之秉彝好是懿德言民之秉德以則天也不知所以則天又焉得爲君子乎

王者必立牧方二人使闚遠牧衆也遠方之民有飢寒而不得衣食有獄訟而不平其寃失賢而不舉者入告乎天子天子於其君之朝也揖而進之曰噫朕之政教有不得爾者邪何如乃有飢寒而不得衣食有獄訟而不平其寃失賢而不舉然後其君退而與其卿

有

大夫謀之遠方之民聞之皆曰誠天子也夫我居之僻見我之近也我居之幽見我之明也可欺乎哉故牧者所以開四目通四聰也詩曰邦國若否仲山甫明之此之謂也

楚莊王伐鄭鄭伯肉袒左把茅旌右執鸞刀以進言於莊王曰寡人無良邊陲之臣以干大禍使大國之君沛焉遠辱至此莊王曰君子不令臣交易爲言是以使寡人得見君之玉面也而微至乎此莊王受節左右麾楚軍

退舍七里將軍子重進諫曰夫南郢之與鄭相去數千里大夫死者數人廝役者數百人今克而弗有無乃失民臣之力乎莊王曰吾聞古者杅不穿皮不蠹不出於四方以是君子之重禮而賤財也要其人不要其土人告以從而不舍不祥也吾以不祥立乎天下災及吾身何取之有既晉之救鄭者至曰請戰莊王許之將軍子重進諫曰晉强國也道近兵銳楚師奄罷君其勿許莊王曰不可强者

我避之弱者我威之是寡人無以立乎天下也乃遂還師以逆晉寇莊王援桴而鼓之晉師大敗士卒奔者爭舟而指可掬也莊王曰噫吾兩君不相好百姓何罪乃退楚師以佚晉寇詩曰柔亦不茹剛亦不吐

君子崇人之德揚人之美非道諛也正言直行指人之過非毀疵也詘柔順從剛強猛毅與物周流道德不外詩曰柔亦不茹剛亦不吐不侮矜寡不畏強禦

衛靈公晝寢而起志氣益衰使人馳召勇士公孫悁道遭行人卜商卜商曰何驅之疾也對曰公晝寢而起使我召勇士公孫悁子夏曰微悁而勇若悁者可乎御者曰可子夏曰載我而反至君曰使子召勇士何爲召儒使者曰行人曰微悁而勇若悁者可乎臣曰可即載與來君曰諾延先生上趣召公孫悁至入門杖劒疾呼曰商下我存若頭子夏顧咄之曰咄內劒吾將與若言勇於是君令內劒

而上子夏曰來吾嘗與子從君而西見趙簡子簡子披髮杖矛而見我君我從十三行之後趨而進曰諸侯相見不宜不朝服不朝服行人卜商將以頸血濺君之服矣使反朝服而見吾君子耶我耶悁曰子也子夏曰子之勇不若我一矣又與子從君而東至阿遭齊君重鞇而坐吾君單鞇而坐我從十三行之後趨而進曰禮諸侯相見不宜相臨以庶揄其一鞇而去之者子耶我耶悁曰子也子夏

曰子之勇不若我二矣又與子從君於囿中於是兩寇肩逐我君拔矛下格而還子耶我耶悄曰子也子夏曰子之勇不若我三矣所貴爲士者上攝萬乘下不敢敖乎匹夫外立節矜而敵不侵擾內禁殘害而君不危殆是士之所長君子之所致貴也若夫以長掩短以衆暴寡淩轢無罪之民而成威於閭巷之間者是士之甚毒而君子之所致惡也衆之所誅鋤也詩曰人而無儀不死何爲夫何以

論勇於人主之前哉於是靈公避席抑手曰寡人雖不敏請從先生之勇詩曰不侮矜寡不畏強禦卜先生也

孔子行簡子將殺陽虎孔子似之帶甲以圍孔子舍子路慍怒奮戟將下孔子止之曰由何仁義之寡裕也夫詩書之不習禮樂之不講是丘之罪也若吾非陽虎而以我爲陽虎則非丘之罪也命也我歌子和若子路歌孔子和之三終而圍罷詩曰來游來歌以陳盛

德之和而無爲也

詩曰愷悌君子民之父母君子爲民父母何如曰君子者貌恭而行肆身儉而施博故不肖者不能逮也殖盡於己而區略於人故可盡身而事也篤愛而不奪厚施而不伐見人有善欣然樂之見人不善惕然掩之有其過而兼包之授衣以最授食以多法下易由事寡易爲是以中立而爲人父母也築城而居之別田而養之立學以教之使人知親尊親

薦故父服斬縗三年爲君亦服斬縗三年爲民父母之謂也

事强暴之國難使强暴之國事我易事之以貨寶則寶單而交不結約契盟誓則約定而反無日割國之强乘以賂之則割定而欲無厭事之彌順其侵之愈甚必致寶單國舉而後已雖左堯右舜未有能以此道免者也故非有聖人之道持以巧敏拜請畏事之則不足以持國安身矣故明君不道也必修禮以

齊朝正法以齊官平政以齊下然後禮義節
奏齊乎朝法則度量正乎官忠信愛利平乎
下行一不義殺一無罪而得天下不爲也故
近者競親而遠者願至上下一心三軍同力
名聲足以薫炙之威強足以一齊之則拱揖
指麾而強暴之國莫不趨使如赤子歸慈母
者何也仁形義立教誠愛深故詩曰王猷允
塞徐方既來
勇士一呼而三軍皆避士之誠也昔者楚熊

渠子夜行寑石以爲伏虎彎弓而射之沒金飲羽下視知其爲石石爲之開而況人乎夫倡而不和動而不僨中心有不全者矣夫不降席而匡天下者求之己也孔子曰其身正不令而行其身不正雖令不從先王之所以拱揖指麾而四海來賓者誠德之至也色以形于外也詩曰王猷允塞徐方既來

昔者趙簡子薨而未葬而中牟畔之葬五日襄子興師而攻之圍未匝而城自壞者十丈

襄子擊金而退之軍吏諫曰君誅中牟之罪而城自壞者是天助之也君曷爲而退之襄子曰吾聞之於叔向曰君子不乘人於利不厄人於險使其城然後攻之中牟聞其義而請降曰善哉襄子之謂也詩曰王猷允塞徐方既來

威有三術有道德之威者有暴察之威者有狂妄之威者此三威不可不審察也何謂道德之威曰禮樂則修分義則明舉措則時愛

利則刑如是則百姓貴之如帝王親之如父母畏之如神明故賞不用而民勸罰不加而威行是道德之威也何謂暴察之威曰禮樂則不修分義則不明舉措則不時愛利則不刑然而其禁非也暴其誅不服也繁審其刑罰而信其誅殺猛而必闇如雷擊之如墻壓之百姓劫則致畏怠則傲上執拘則聚遠聞則散非劫之以刑勢振之以誅殺則無以有其下是暴察之威也何謂狂妄之威曰無愛

人之心無利人之事而日爲亂人之道百姓讙譁則從而放執於刑灼不和人心悖逆天理是以水旱爲之不時年穀以之不升百姓上困於暴亂之患而下竆衣食之用愁哀而無所告訴比周憤潰以離上傾覆滅亡可立而待是狂妄之威也夫道德之威成乎衆強暴察之威成乎危弱狂妄之威成乎滅亡故威名同而吉凶之効遠矣故不可不審察也詩曰昊天疾威天篤降喪瘨我飢饉民卒流

七

晉平公游於河而樂曰安得賢士與之樂此也船人盍胥跪而對曰主君亦不好士耳夫珠出於江海玉出於崑山無足而至者猶主君之好也士有足而不至者蓋主君無好士之意耳無患乎無士也平公曰吾食客門左千人門右千人朝食不足夕收市賦暮食不足朝收市賦吾可謂不好士乎盍胥對曰夫鴻鵠一舉千里所恃者六翮爾背上之毛腹

下之毳。益一把飛不爲加高。損一把飛不爲加下。今君之食客門左門右各千人亦有六翮在其中矣。將皆背上之毛。腹下之毳耶。詩曰謀夫孔多是用不集

詩外傳卷第六

詩外傳卷第七

韓嬰

齊宣王謂田過曰吾聞儒者親喪三年君與父孰重過對曰殆不如父重王忿然曰曷爲士去親而事君對曰非君之土地無以處吾親非君之禄無以養吾親非君之爵無以尊顯吾親受之於君致之於親凡事君以爲親也宣王悒然無以應之詩曰王事靡盬不遑將父

趙王使人於楚鼓瑟而遣之曰慎無失吾言使者受命伏而不起曰大王鼓瑟未嘗若今日之悲也王曰調使者曰調則可記其柱王曰不可天有燥濕絃有緩急柱有推移不可記也使者曰請借此以喻楚之去趙也千有餘里亦有吉凶之變凶則弔之吉則賀之猶柱之有推移不可記也故王之使人必慎其所之而不任以辭詩曰征夫捷捷每懷靡及蓋傷自上而御下也

齊有隱士東郭先生梁石君當曹相國爲齊相也客謂蒯生曰夫東郭先生梁石君世之賢也隱於深山終不詘身下志以求仕者也吾聞先生得謁曹相國願先生爲之先臣里母相善婦見疑盜肉其姑去之恨而告于里母里母曰安行今令姑呼汝即東蕴請火去婦之家曰吾犬爭肉相殺請火治之姑乃直使人追去婦還之故里母非談說之士東蕴請火非還婦之道也然物有所感事有可適

何不爲之先匱生曰愚恐不及然請盡力爲東郭先生梁石君東藴請火於是乃見曹相國曰臣之里有夫死三日而嫁者有終身不嫁者則自爲娶將何娶焉相國曰吾亦娶其終身不嫁者耳匱生曰齊有隱士東郭先生梁石君世之賢士也隱於深山終不詘身下志以求仕相國娶婦欲娶其不嫁者取臣獨不取其不仕之臣耶於是曹相國因匱生束帛安車迎東郭先生梁石君厚客之詩曰既

見君子我心則降

孔子曰昔者周公事文王行無專制事無由已身若不勝衣言若不出口有奉持於前洞洞焉若將失之可謂子矣武王崩成王幼周公承文武之業履天子之位聽天子之政征夷狄之亂誅管蔡之罪抱成王而朝諸侯誅賞制斷無所顧問威動天地振恐海內可謂能武矣成王壯周公致政北面而事之請然後行無伐矜之色可謂臣矣故一人之身能

三變者所以應時也詩曰左之左之君子宜之右之右之君子有之

傳曰鳥之美羽勾喙者鳥畏之魚之侈口垂腴者魚畏之人之利口贍辭者人畏之是以君子避三端避文士之筆端避武士之鋒端避辯士之舌端詩曰我友敬矣讒言其興

孔子困於陳蔡之間即三經之席七日不食藜羹不糝弟子有飢色讀書習禮樂不休子路進諫曰爲善者天報之以福爲不善者天

報之以賊今夫子積德累仁爲善久矣意者當遺行乎奚居之隱也孔子曰由來汝小人也未講於論也居吾語汝子以知者爲無罪乎則王子比干何爲剖心而死子以義者爲聽乎則伍子胥何爲抉目而懸吳東門子以廉者爲用乎則伯夷叔齊何爲餓於首陽之山子以忠者爲用乎則鮑叔何爲而不用葉公子高終身不仕鮑焦抱木而泣子推登山而燔故君子博學深謀不遇時者衆矣豈獨

丘哉賢不肖者材也遇不遇者時也今無有時賢安所用哉故虞舜耕於歷山之陽立爲天子其遇堯也傅說負土而版築以爲大夫其遇武丁也伊尹故有莘氏僮也負鼎操俎調五味而立爲相其遇湯也呂望行年五十賣食棘津年七十屠於朝歌九十乃爲天子師則遇文王也管夷吾束縛自檻車以爲仲父則遇齊桓公也百里奚自賣五羊之皮爲秦伯牧牛舉爲大夫則遇秦繆公也虞丘於

天下以爲令尹讓於孫叔敖則遇楚莊王也伍子胥前功多後戮死非知有盛衰也前遇闔閭後遇夫差也夫驥罷鹽車此非無形容也莫知之也使驥不得伯樂安得千里之足造父亦無千里之手矣夫蘭芷生於茂林之中深山之間人莫見之故不芬夫學者非爲通也爲窮而不困憂而志不衰先知禍福之始而心無惑焉故聖人隱居深念獨聞獨見夫舜亦賢聖矣南面而治天下惟其遇堯也

使舜居桀紂之世能自免於刑戮之中則爲善矣亦何位之有桀殺關龍逢紂殺王子比干當此之時豈關龍逢無知而王子比干不慧乎哉此皆不遇時也故君子務學脩身端行而須其時者也子無惑焉詩曰鶴鳴于九皐聲聞于天

曾子曰往而不可還者親也至而不可加者年也是故孝子欲養而親不待也木欲直而時不待也是故椎牛而祭墓不如雞豚逮存

親也故吾嘗仕齊爲吏祿不過鍾釜尚猶欣欣而喜者非以爲多也樂其逮親也旣没之後吾嘗南遊於楚得尊官焉堂高九仞榱題三圍轉轂百乘猶北鄉而泣涕者非爲賤也悲不逮吾親也故家貧親老不擇官而仕若夫信其志約其親者非孝也詩曰有母之尸雍

趙簡子有臣曰周舍立於門下三日三夜簡子使問之曰子欲見寡人何事周舍對曰願

爲諤諤之臣墨筆操牘從君之過而日有記
也月有成也歲有効也簡子居則與之居出
則與之出居無幾何而周舍死簡子如喪子
後與諸大夫飲於洪波之臺酒酣簡子涕泣
諸大夫皆出走曰臣有罪而不自知簡子曰
大夫皆無罪昔者吾有周舍有言曰千羊之
皮不若一狐之腋衆人諾諾不若一士之諤
諤昔者商紂默默而亡武王諤諤而昌今自
周舍之死吾未嘗聞吾過也吾亡無日矣是

以寡人泣也

傳曰齊景公問晏子爲人何患晏子對曰患夫社鼠景公曰何謂社鼠晏子曰社鼠出竊於外入託於社灌之恐壞墻燻之恐燒木此鼠之患今君之左右出則賣君以要利入則託君不罪乎亂法君又并覆而育之此社鼠之患也景公曰嗚呼豈其然人有市酒而甚美者置表甚長然至酒酸而不售問里人其故里人曰公之狗甚猛而人有持器而欲往

者狗輒迎而齧之是以酒酸不售也士欲白萬乘之主用事者迎而齧之亦國之惡狗也左右者爲社鼠用事者爲惡狗此國之大患也詩曰瞻彼中林侯薪侯蒸言朝廷皆小人也

昔者司城子罕相宋謂宋君曰夫國家之安危百姓之治亂在君之行夫爵祿賞賜舉人之所好也君自行之殺戮刑罰民之所惡也臣請當之君曰善寡人當其美子受其惡寡

人自知不爲諸侯笑矣國人知殺戮之刑專在子罕也大臣親之百姓畏之居不期年子罕遂去宋君而專其政故老子曰魚不可脫於淵國之利器不可以示人詩曰胡爲我作不即我謀

衛懿公之時有臣曰弘演者受命而使未反而狄人攻衛於是懿公欲興師迎之其民皆曰君之所貴而有祿位者鶴也所愛者宮人也亦使鶴與宮人戰余安能戰遂潰而皆去

狄人至攻懿公於熒澤殺之盡食其肉獨舍其肝弘演至報使於肝辭畢呼天而號哀止曰若臣者獨死可耳於是遂自刳出腹實内懿公之肝乃死桓公聞之曰衛之亡也以無道也今有臣若此不可不存於是復立衛於楚丘如弘演可謂忠士矣殺身以捷其君非徒捷其君又令衛之宗廟復立祭祀不絕可謂有大功矣詩曰四方有羨我獨居憂民莫不穀我獨不敢休

孫叔敖遇狐丘丈人狐丘丈人曰僕聞之有三利必有三患子知之乎孫叔敖蹵然易容曰小子不敏何足以知之敢問何謂三利何謂三患狐丘丈人曰夫爵高者人妬之官大者主惡之祿厚者怨歸之此之謂也孫叔敖曰不然吾爵益高吾志益下吾官益大吾心益小吾祿益厚吾施益博可以免於患乎狐丘丈人曰善哉言乎堯舜其猶病諸詩曰溫溫恭人如集于木惴惴小心如臨于谷

孔子曰明王有三懼一曰處尊位而恐不聞其過二曰得志而恐驕三曰聞天下之至道而恐不能行昔者越王勾踐與吳戰大敗之兼有南夷當是之時君南面而立近臣三遠臣五令諸大夫曰聞過而不以告我者爲上戮此處尊位而恐不聞其過也昔者晉文公與楚戰大勝之燒其草火三日不息文公退而有憂色侍者曰君大勝楚而有憂色何也文公曰吾聞能以戰勝安者惟聖人若夫詐

勝之徒未嘗不危吾是以憂也此得志而恐驕也昔者齊桓公得管仲隰朋南面而立桓公曰吾得二子也吾目加明吾耳加聰不敢獨擅進之先祖此聞至道而恐不能行者也由桓公晉文越王勾踐觀之三懼者明君之務也詩曰溫溫恭人如集于木惴惴小心如臨于谷戰戰兢兢如履薄冰此言大王居人上也

楚莊王賜其羣臣酒日暮酒酣左右皆醉殿

上燭滅有牽王后衣者后扢冠纓而絕之言於王曰今燭滅有牽妾衣者妾扢其纓而絕之願趣火視絕纓者王曰止立出令曰與寡人飲不絕纓者不爲樂也於是冠纓無完者不知王后所絕冠纓者誰於是王遂與羣臣歡飲乃罷後吳興師攻楚有人常爲應行合戰者五陷陣却敵遂取大軍之首而獻之王怪而問之曰寡人未嘗有異於子子何爲於寡人厚也對曰臣先殿上絕纓者也當時宜

以肝膽塗地負日久矣未有所効今幸得用
於臣之義尚可爲王破吳而強楚詩曰有漼
者淵萑葦渒渒言大者無不容也
傳曰伯奇孝而棄於親隱公慈而殺於弟叔
武賢而殺於兄比干忠而誅於君詩曰予慎
無辜
紂殺王子比干箕子被髮佯狂陳靈公殺泄
冶鄧元去陳以族從自此之後殷并於周陳
亡於楚以其殺比干泄冶而失箕子鄧元也

燕昭王得郭隗鄒衍樂毅是以魏趙興兵而攻齊棲於莒燕之地計衆不與齊均也然所以信燕至於此者由得士也故無常安之國無宜治之民得賢者昌失賢者亡自古及今未有不然者也明鏡者所以照形也往古者所以知今也知惡古之所以危亡而不務襲蹈其所以安存則未有以異乎却走而求逮前人也太公知之故舉微子之後而封比干之墓夫聖人之於賢者之後尚如是厚也而

況當世之存者乎詩曰昊天太憮予慎無辜

宋玉因其友見楚襄王襄王待之無以異乃讓其友友曰夫薑桂因地而生不因地而辛女因媒而嫁不因媒而親子之事王未耳何怨於我宋玉曰不然昔者齊有狡兎盡一日而走五百里使之瞻見指注雖良狗猶不及狡兎之塵若攝纓而縱紲之瞻見指注與詩曰將安將樂棄予作遺

宋燕相齊見逐罷歸之舍召門尉陳饒等二

十六人曰諸大夫有能與我赴諸侯者乎陳饒等皆伏而不對宋燕曰悲乎哉何士大夫易得而難用也饒曰君弗能用也則有不平之心是失之已而責諸人也宋燕曰夫失諸已而責諸人者何陳饒曰三斗之稷不足於士而君鴈鶩有餘粟是君之一過也果園梨栗後宮婦人以相提擲士曾不得一嘗是君之二過也綾紈綺縠靡麗於堂從風而弊士曾不得以爲緣是君之三過也且夫財者君

之所輕也死者士之所重也君不能行君之所輕而欲使士致其所重猶譬鈆刀畜之而干將用之不亦難乎宋燕面有慙色逡巡避席曰是燕之過也詩曰或以其酒不以其漿

傳曰善為政者循情性之宜順陰陽之序通本末之理合天人之際如是則天氣奉養而生物豐美矣不知為政者使情厭性使陰乘陽使末逆本使人詭天氣鞠而不信鬱而不宣如是則災害生怪異起群生皆傷而年穀

不熟是以其動傷德其靜亡救故緩者事之急者弗知日反理而欲以爲治詩曰廢爲殘賊莫知其尤

魏文侯之時子質仕而獲罪焉去而北游謂簡主曰從今已後吾不復樹德於人矣簡主曰何以也質曰吾所樹堂上之士半吾所樹朝廷之大夫半吾所樹邊境之人亦半今堂上之士恐我以法邊境之人刼我以兵是以不樹德於人也簡主曰噫子之言過矣夫春

樹桃李夏得陰其下秋得食其實春樹蒺藜夏不可採其葉秋得其刺焉由此觀之在所樹也今子所樹非其人也故君子先擇而後種也詩曰無將大車惟塵冥冥

正直者順道而行順理而言公平無私不爲安肆志不爲危激行昔衛獻公出走反國及郊將班邑於從者而後入太史柳莊曰如皆守社稷則孰負羈縶而從如皆從則孰守社稷君反國而有私也無乃不可乎於是不班

也柳莊正矣

昔者衛大夫史魚病且死謂其子曰我數言蘧伯玉之賢而不能進彌子瑕不肖而不能退爲人臣生不能進賢而退不肖死不當治喪正堂殯我於室足矣衛君問其故子以父言聞君造然召蘧伯玉而貴之而退彌子瑕從殯於正堂成禮而後去生以身諫死以尸諫可謂直矣詩曰靖共爾位好是正直

孔子閒居子貢侍坐請問爲人下之道奈何

孔子曰善哉爾之問也爲人下其猶土乎子貢未達孔子曰夫土者掘之得甘泉焉樹之得五穀焉草木植焉鳥獸魚鼈遂焉生則立焉死則入焉多功不言賞世不絶故曰能爲下者其惟土乎子貢曰賜雖不敏請事斯語詩曰式禮莫愆

傳曰南假子過程本本爲之烹鱺魚南假子曰聞君子不食鱺魚本子曰此乃君子食也我何與焉假子曰夫高比所以廣德也下比

所以狹行也比於善者自進之階比於惡者自退之原也且詩不云乎高山仰止景行行止吾豈自比君子哉志慕之而已矣

子貢問大臣子曰齊有鮑叔鄭有子皮子貢曰否齊有管仲鄭有東里子產孔子曰產薦也子貢曰然則薦賢賢於賢曰知賢智也推賢仁也引賢義也有此三者又何加焉

孔子遊於景山之上子路子貢顏淵從孔子曰君子登高必賦小子願者何言其願丘將

啓汝子路曰由願奮長戟盪三軍乳虎在後仇敵在前蠡躍蛟奮進救兩國之患孔子曰勇士哉子貢曰兩國搆難壯士列陣塵埃漲天賜不持一尺之兵一斗之糧解兩國之難用賜者存不用賜者亡孔子曰辯士哉顏回不願孔子曰回何不願顏淵曰二子已願故不敢願孔子曰不同意各有事焉回其願丘將啓汝顏淵曰願得小國而相之主以道制臣以德化君臣同心外內相應列國諸侯莫

不從義嚮風壯者趨而進老者扶而至教行乎百姓德施乎四蠻莫不釋兵輻輳乎四門天下咸獲永寧蝖飛蠕動各樂其性進賢使能各任其事於是君綏于上臣和於下垂拱無爲動作中道從容得禮言仁義者賞言戰鬬者死則由何進而救賜何難之解孔子曰聖士哉大人出小子匿聖者起賢者伏回與執政則由賜焉施其能哉詩曰雨雪瀌瀌見晛曰消

昔者孔子鼓瑟曾子子貢側門而聽曲終曾子曰嗟乎夫子瑟聲殆有貪狼之志邪僻之行何其不仁趨利之甚子貢以爲然不對而入夫子望見子貢有諫過之色應難之狀釋瑟而待之子貢以曾子之言告子曰嗟乎夫參天下賢人也其習知音矣鄉者丘鼓瑟有鼠出游狸見於屋循梁微行造焉而避厭目曲脊求而不得丘以瑟淫其音參以丘爲貪狼邪僻不亦宜乎詩曰鼓鐘于宮聲聞于外

夫爲人父者必懷慈仁之愛以畜養其子撫循飲食以全其身及其有識也必嚴居正言以先導之及其束髮也授明師以成其技十九見志請賓冠之足以死其意血脉澄静娉内以定之信承親授無有所疑冠子不言髮子不笞聽其微諫無令憂之此爲人父之道也詩曰父兮生我母兮鞠我拊我畜我長我育我顧我復我出入腹我

詩外傳卷第七

詩外傳卷第八

韓嬰

越王勾踐使廉稽獻民於荆王荆王使者曰越夷狄之國也臣請欺其使者荆王曰越王賢人也其使者亦賢子其慎之使者出見廉稽曰冠則得以俗見不冠不得見廉稽曰夫越亦周室之列封也不得處於大國而處江海之陂與魭鱣魚鼈爲伍文身翦髮而後處焉今來至上國必曰冠得俗見不冠不得見

如此則上國使適越亦將劓墨文身翦髮而後得以俗見可乎荆王聞之披衣出謝孔子曰使於四方不辱君命可謂士矣

人之所以好富貴安榮爲人所稱譽者爲身也惡貧賤危辱爲人所謗毁者亦爲身也然身何貴也莫貴於氣人得氣則生失氣則死其氣非金帛珠玉也不可求於人也非繒布五穀也不可糴買而得也在吾身耳不可不慎也詩曰既明且哲以保其身

吳人伐楚昭王去國國有屠羊說從行昭王反國賞從者及說說辭曰君失國臣所失者屠君反國臣亦反其屠臣之祿既厚又何賞之辭不受命君強之說曰君失國非臣之罪故不伏誅君反國非臣之功故不受其賞吳師入郢臣畏寇避患君反國說何事焉君曰不受則見之說對曰楚國之法商人欲見於君者必有大獻重質然後得見今臣智不能存國節不能死君勇不能待寇然後見之非國

法也遂不受命入于澗中昭王謂司馬子期曰有人於此居處甚約論議甚高爲我求之願爲兄弟請爲三公司馬子期舍車徒求之五日五夜見之謂曰國危不救非仁也君命不從非忠也惡富貴於上甘貧苦於下意者過也今君願爲兄弟請爲三公不聽君何也説曰三公之位我知其貴於刀俎之肆矣萬鍾之祿我知其富於屠羊之利矣今見爵祿之利而忘辭受之禮非所聞也遂辭三公之

位而反乎屠羊之肆君子聞之曰甚矣哉屠羊子之爲也約已持窮而處人之國矣説曰何謂窮吾讓之以禮而終其國也曰在深淵之中而不援彼之危見昭王德衰於吴而懷寶絶迹以病其國欲獨全已者也是厚於已而薄於君猶乎非救世者也何如則可謂救世矣曰若申伯仲山甫可謂救世矣昔者周德大衰道廢於厲申伯仲山甫輔相宣王撥亂世反之正天下略振宗廟復興申伯仲山

甫乃並順天下匡救邪失喻德教舉遺士海内翕然向風故百姓勃然詠宣王之德詩曰周邦咸喜戎有良翰又曰邦國若否仲山甫明之既明且哲以保其身夙夜匪懈以事一人如是可謂救世矣

齊崔杼弑莊公荆蒯芮使晉而反其僕曰君之無道也四鄰諸侯莫不聞也以夫子而死之不亦難乎荆蒯芮曰善哉而言也早言我能諫諫而不用我能去今既不諫又不去吾

聞之食其食死其事吾既食亂君之食又安得治君而死之遂驅車而入死其事僕曰人有亂君猶必死之我有治長可無死乎乃結轡自刎于車上君子聞之曰荆蒯芮可謂守節死義矣僕夫則無爲死也猶飲食而遇毒也詩曰夙夜匪懈以事一人荆先生之謂也易曰不恒其德或承之羞僕夫之謂也

遜而直上也切次之謗諫爲下懦爲死詩曰柔亦不茹

宋萬與莊公戰獲乎莊公莊公敗舍諸宫中數月然後歸之反爲大夫于宋宋萬與閔公博婦人皆在側萬曰甚矣魯侯之淑魯侯之美也天下諸侯宜爲君者惟魯侯耳閔公矜此婦人妬其言顧曰爾虜焉知魯侯之美惡乎宋萬怒搏閔公絶脰仇牧聞君弒趨而至遇之于門手劒而叱之萬臂摋仇牧碎其首齒著乎門闔仇牧可謂不畏強禦矣詩曰惟仲山甫柔亦不茹剛亦不吐

可於君不可於父孝子弗爲也可於父不可於君君子亦弗爲也故君不可奪親亦不可奪也詩曰愷悌君子四方爲則

黃帝即位施惠承天一道脩德惟仁是行宇内和平未見鳳凰惟思其象夙寐晨興乃召天老而問之曰鳳象何如天老對曰夫鳳象鴻前麟後蛇頸而魚尾龍文而龜身燕頷而鷄啄戴德負仁抱中挾義小音金大音鼓延頸奮翼五彩備明舉動八風氣應時雨食有

質歛有儀徃即文始來即嘉成惟鳳爲能通天祉應地靈律五音覽九德天下有道得鳳象之一則鳳過之得鳳象之二則鳳翔之得鳳象之三則鳳集之得鳳象之四則鳳春秋下之得鳳象之五則鳳没身居之黄帝曰於戯允哉朕何敢與焉於是黄帝乃服黄衣戴黄冕致齋于宫鳳乃蔽日而至黄帝降于東階西面再拜稽首曰皇天降祉不敢不承命鳳乃止帝東國集帝梧桐食帝竹實没身不

去詩曰鳳凰于飛翽翽其羽亦集爰止

魏文侯有子曰擊次曰訢訢少而立以嗣封擊中山三年莫往來其傅趙蒼唐曰父忘子子不可忘父何不遣使乎擊曰願之而未有所使也蒼唐曰臣請使擊曰諾於是乃問君之所好與所嗜曰君好北犬嗜晨鴈遂求北犬晨鴈賫行蒼唐至曰北蕃中山之君有北犬晨鴈使蒼唐再拜獻之文侯曰擊知吾好北犬嗜晨鴈也則見使者文侯曰擊無恙乎

蒼唐唯唯而不對三問而三不對文侯曰不對何也蒼唐曰臣聞諸侯不名君既已賜弊邑使得小國侯君問以名不敢對也文侯曰中山之君無恙乎蒼唐曰今者臣之來拜送於郊文侯曰中山之君長短若何矣蒼唐曰問諸侯比諸侯諸侯之朝則側者皆人臣無所比之然則所賜衣裘幾能勝之矣文侯曰中山之君亦何好乎對曰好詩文侯曰於詩何好曰好黍離與晨風文侯曰黍離何哉對

曰彼黍離離彼稷之苗行邁靡靡中心搖搖知我者謂我心憂不知我者謂我何求悠悠蒼天此何人哉文侯曰怨乎曰非敢怨也時思也文侯曰晨風謂何對曰鴥彼晨風鬱彼北林未見君子憂心欽欽如何如何忘我實多於是文侯大悅曰欲知其子視其母欲知其君視其所使中山君不賢惡能得賢遂廢太子訢召中山君以爲嗣詩曰鳳凰于飛翽翽其羽亦集爰止藹藹王多吉士惟君子使

媚于天子君子曰夫使非直敝車罷馬而已亦將喻誠信通氣志明好惡然後可使也子賤治單父其民附孔子曰告丘之所以治之者對曰不齊時發倉廩振困窮補不足孔子曰是小人附耳未也對曰賞有能招賢才退不肖孔子曰是士附耳未也對曰所父事者三人所兄事者五人所友者十有二人所師者一人孔子曰所父事者三人所兄事者五人足以教弟矣所友者十有二人足以祛

壅蔽矣所師者一人足以慮無失策舉無敗功矣惜乎不齊爲之大功乃與堯舜參矣詩曰愷悌君子民之父母子賤其似之矣

度地圖居以立國崇恩博利以懷衆明好惡以正法度率民力稼學校庠序以立教事老養孤以化民升賢賞功以勸善懲奸絀失以醜惡講御習射以防患禁奸止邪以除害接賢連友以廣智宗親族附以益强詩曰愷悌君子

齊景公使人於楚楚王與之上九重之臺顧使者曰齊有臺若此乎使者曰吾君有治位之坐土階三等茅茨不翦樸椽不斲者猶以謂爲之者勞居之者泰吾君惡有臺若此者於是楚王蓋悒如也使者可謂不辱君命其能專對矣

傳曰予小子使爾繼邵公之後受命者必以其祖命之孔子爲魯司寇命之曰宋公之子弗甫有孫魯孔丘命爾爲司寇孔子曰弗甫

敦及厥辟將不堪公曰不妄傳曰諸侯之有
德天子錫之一錫車馬再錫衣服三錫虎賁
四錫樂器五錫納陛六錫朱戶七錫弓矢八
錫鈇鉞九錫秬鬯詩曰釐爾圭瓚秬鬯一卣
齊景公謂子貢曰先生何師對曰魯仲尼曰
仲尼賢乎曰聖人也豈直賢哉景公嘻然而
笑曰其聖何如子貢曰不知也景公悖然作
色曰始言聖人今言不知何也子貢曰臣終
身戴天不知天之高也終身踐地不知地之

厚也若臣之事仲尼譬猶渴操壺杓就江海
而飲之腹滿而去又安知江海之深乎景公
曰先生之譽得無太甚乎子貢曰臣賜何敢
甚言尚慮不及耳臣譽仲尼譬猶兩手捧土
而附泰山其無益亦明矣使臣不譽仲尼譬
猶兩手杷泰山無損亦明矣景公曰善豈其
然善豈其然詩曰綿綿翼翼不測不克
一穀不升謂之鎌二穀不升謂之飢三穀不
升謂之饉四穀不升謂之荒五穀不升謂之

大侵大侵之禮君食不兼味臺榭不飾道路不除百官補而不制鬼神禱而不祠此大侵之禮也詩曰我居御卒荒此之謂也

古者天子爲諸侯受封謂之采地百里諸侯以三十里七十里諸侯以二十里五十里諸侯以十里其後子孫雖有罪而絀使子孫賢者守其地世世以祠其始受封之君此之謂興滅國繼絕世也書曰茲予享于先王爾祖其從享之

梁山崩晉君召大夫伯宗道逢輦者以其輦服其道伯宗使其右下欲鞭之輦者曰君趨道豈不遠矣不知事而行可乎伯宗喜問其居曰絳人也伯宗曰子亦有聞乎曰梁山崩壅河顧三日不流是以召子伯宗曰如之何曰天有山天崩之天有河天壅之伯宗將如之何伯宗私問之曰君其率羣臣素服而哭之既而祠焉河斯流矣伯宗問其姓名弗告伯宗到君問伯宗以其言對於是君素服率

群臣而哭之既而祠焉河斯流矣君問伯宗
何以知之伯宗不言受輦者許以自知孔子
聞之曰伯宗其無後攘人之善詩曰天降喪
亂滅我立王又曰畏天之威于時保之
晉平公使范昭觀齊國之政景公錫之宴晏
子在前范昭趨曰願君之倅樽以爲壽景公
顧左右曰酌寡人樽獻之客晏子對曰徹去
樽范昭不説起舞顧太師曰子爲我奏成周
之樂願舞太師對曰盲臣不習范昭起出門

景公謂晏子曰夫晋天下大國也使范昭來觀齊國之政今子怒大國之使者將奈何晏子曰范昭之爲人也非陋而不知禮也是欲試吾君嬰故不從於是景公召太師而問之曰范昭使子奏成周之樂何故不調對如晏子於是范昭歸報平公曰齊未可幷也吾試其君晏子知之吾犯其樂太師知之孔子聞之曰善乎晏子不出俎豆之閒折衝千里詩曰實右序有周薄言震之莫不震疊

三公者何曰司空司馬司徒也司馬主天司空主土司徒主人故陰陽不和四時不節星辰失度災變非常則責之司馬山陵崩竭川谷不流五穀不植草木不茂則責之司空君臣不正人道不和國多盜賊下怨其上則責之司徒故三公典其職憂其分舉其辯明其隱此三公之任也詩曰濟濟多士文王以寧又曰明照有周式序在位言各稱職也

夫賢君之治也溫良而和寬容而愛刑清而

省喜賞而惡罰移風崇教生而不殺布惠施
恩仁不偏與不奪民力役不踰時百姓得耕
家有收聚民無凍餒食無腐敗士不造無用
雕文不粥于肆斧斤以時入山林國無佚士
皆用於世黎庶歡樂衍盈方外遠人歸義重
譯執贄故得風雨不烈小雅曰有渰萋萋興
雲祈祈以是知太平無飄風暴雨明矣
昨日何生今日何成必念歸厚必念治生日
慎一日完如金城詩曰我日斯邁而月斯征

夙興夜寐無忝爾所生

官怠於有成病加於小愈禍生於懈惰孝衰於妻子察此四者愼終如始易曰小狐汔濟濡其尾詩曰靡不有初鮮克有終

孔子燕居子貢攝齊而前曰弟子事夫子有年矣才竭而智罷振於學問不能復進請一休焉孔子曰賜也欲焉休乎曰賜欲休於事君孔子曰詩云夙夜匪懈以事一人爲之若此其不易也若之何其休也曰賜休於事父

孔子曰詩云孝子不匱永錫爾類爲之若此其不易也如之何其休也曰賜欲休於事兄弟孔子曰詩云妻子好合如鼓瑟琴兄弟既翕和樂且耽爲之若此其不易也如之何其休也曰賜欲休於畊田孔子曰詩云晝爾于茅宵爾索綯亟其乘屋其始播百穀爲之若此其不易也若之何其休也子貢曰君子亦有休乎孔子曰闔棺兮乃止播耳不知其時之易遷兮此之謂君子所休也故學而不巳

闔棺乃止詩曰日就月將言學者也
魯哀公問冉有曰凡人之質而已將必學而
後爲君子乎冉有對曰臣聞之雖有良玉不
刻鏤則不成器雖有美質不學則不成君子
曰何以知其然也夫子路卞之野人也子貢
衛之賈人也皆學問於孔子遂爲天下顯士
諸侯聞之莫不尊敬卿大夫聞之莫不親愛
學之故也昔吳楚燕代謀爲一舉而欲伐秦
䖏賈監門之子也爲秦往使之遂絕其謀止

其兵及其反國秦王大悅立爲上卿夫百里奚齊之乞者也逐於齊西無以進自賣五羊皮爲一軛車見秦繆公立爲相遂霸西戎太公望少爲人壻老而見去屠牛朝歌賃於棘津釣於磻溪文王舉而用之封於齊管仲親射桓公遂除報讎之心立以爲相存亡繼絶九合諸侯一匡天下此四子者皆嘗卑賤窮辱矣然其名聲馳於後世豈非學問之所致乎由此觀之士必學問然後成君子詩曰日

就月將於是哀公啍然而笑曰寡人雖不敏請奉先生之教矣

曾子有過曾皙引杖擊之仆地有間乃蘇起曰先生得無病乎魯人賢曾子以告夫子夫子告門人參來汝不聞昔者舜爲人子乎小箠則待笞大杖則逃索而使之未嘗不在側索而殺之未嘗可得今汝委身以待暴怒拱立不去非王者之民其罪何如詩曰優哉柔哉亦是戾矣又曰載色載笑匪怒伊教

齊景公使人爲弓三年乃成景公得弓而射不穿三札景公怒將殺弓人弓人之妻往見景公曰蔡人之子弓人之妻也此弓者太山之南烏號之柘騂牛之角荆麋之筋河魚之膠也四物者天下之練林也不宜穿札之少如此且妾聞奚公之車不能獨走莫耶雖利不能獨斷必有以動之夫射之道在手若附枝掌若握卵四指如斷短杖右手發之左手不知此蓋射之道景公以爲儀而射之穿七

札蔡人之夫立出矣詩曰好是正直

齊有得罪於景公者景公大怒縛置之殿下召左右肢解之敢諫者誅晏子左手持頭右手磨刀仰而問曰古者明王聖主其肢解人不審從何肢解始也景公離席曰縱之罪在寡人詩曰好是正直

傳曰居處齊則色姝食飲齊則氣珍言語齊則信聽思齊則成志齊則盈五者齊斯神居之詩曰旣和且平依我磬聲

魏文侯問狐卷子曰父賢足恃乎對曰不足子賢足恃乎對曰不足兄賢足恃乎曰不足弟賢足恃乎對曰不足臣賢足恃乎對曰不足文侯勃然作色而怒曰寡人問此五者於子一一以爲不足者何也對曰父賢不過堯而丹朱放子賢不過舜而瞽瞍頑兄賢不過舜而象傲弟賢不過周公而管叔誅臣賢不過湯武而桀紂伐望人者不至恃人者不久君欲治從身始人何可恃乎詩曰自求伊祜

湯作護聞其宮聲使人温良而寬大聞其商聲使人方廉而好義聞其角聲使人惻隱而愛仁聞其徵聲使人樂養而好施聞其羽聲使人恭敬而好禮詩曰湯降不遲聖敬日躋

孔子曰易先同人後大有承之以謙不亦可乎故天道虧盈而益謙地道變盈而流謙鬼神害盈而福謙人道惡盈而好謙謙者抑事而損者也持盈之道抑而損之此謙德之於行也順之者吉逆之者凶五帝既没三王既

衰能行謙德者其惟周公乎文王之子武王之弟成王之叔父假天子之尊位七年所執贄而師見者十人所還質而友見者十三人窮巷白屋之士所先見者四十九人時進善者百人宫朝者千人諫臣五人輔臣五人拂臣六人載干戈以至於封侯而同姓之士百人孔子曰猶以周公爲天下賞則以同族爲衆而異族爲寡也故德行寬容而守之以恭者榮土地廣大而守之以儉者安位尊祿重

而守之以卑者貴人衆兵強而守之以畏者勝聰明睿智而守之以愚者哲博聞強記而守之以淺者不溢此六者皆謙德也易曰謙亨君子有終吉能以此終吉者君子之道也貴爲天子富有四海而德不謙以亡其身者桀紂是也而況衆庶乎夫易有一道焉大足以治天下中足以安家國近足以守其身者其惟謙德乎詩曰湯降不遲聖敬日躋

昔者田子方出見老馬於道喟然有志焉以

問於御者曰此何馬也曰故公家畜也罷而不爲用故出放也田子方曰少盡其力而老去其身仁者不爲也束帛而贖之窮士聞之知所歸心矣詩曰湯降不遲聖敬日躋

齊莊公出獵有螳蜋舉足將摶其輪問其御曰此何蟲也御曰此是螳蜋也其爲蟲知進而不知退不量力而輕就敵莊公曰以爲人必爲天下勇士矣於是廻車避之而勇士歸之詩曰湯降不遲

魏文侯問李克曰人有惡乎李克曰有夫貴者則賤者惡之富者則貧者惡之智者則愚者惡之文侯曰善行此三者使人勿惡亦可乎李克曰可臣聞貴而下賤則衆弗惡也富能分貧則窮士弗惡也智而教愚則童蒙者弗惡也文侯曰善哉言乎堯舜其猶病諸寡人雖不敏請守斯語矣詩曰不遑啓處

有鳥於此架巢於葭葦之顛天喟然而風則葭折而巢壞何其所托者弱也稷蜂不攻而

社鼠不薰非以稷蜂社鼠之神其所托者善也故聖人求賢者以輔夫吞舟之魚大矣蕩而失水則爲螻蟻所制失其輔也故曰不明爾德時無背無側爾德不明以無陪無卿

詩外傳卷第八

詩外傳卷第九

韓嬰

孟子少時誦其母方織孟輟然中止乃復進其母知其諠也呼而問之曰何爲中止對曰有所失復得其母引刀裂其織以此誡之自是之後孟子不復諠矣孟子少時東家殺豚孟子問其母曰東家殺豚何爲母曰欲啖汝其母自悔而言曰吾懷姙是子席不正不坐割不正不食胎教之也今適有知而欺之是

教之不信也乃買東家豚肉以食之明不欺也詩曰宜爾子孫繩繩兮言賢母使子賢也田子爲相三年歸休得金百鎰奉其母母曰子安得此金對曰所受俸祿也母曰爲相三年不食乎治官如此非吾所欲也孝子之事親也盡力致誠不義之物不入於館爲人子不可不孝也子其去之田子愧慙走出造朝還金退請就獄王賢其母說其義即舍田子罪令復爲相以金賜其母詩曰宜爾子孫繩

繩兮

孔子行聞哭聲甚悲孔子曰驅驅前有賢者至則皐魚也被褐擁鐮哭於道傍孔子辟車與之言曰子非有喪何哭之悲也皐魚曰吾失之三矣少而學游諸侯以後吾親失之一也高尚吾志間吾事君失之二也與友厚而小絶之失之三矣樹欲靜而風不止子欲養而親不待也往而不可得見者親也吾請從此辭矣立槁而死孔子曰弟子誡之足以識

矣於是門人辭歸而養親者十有三人子路曰有人於斯夙興夜寐手足胼胝而面目黧黑樹藝五穀以事其親而無孝子之名者何也孔子曰吾意者身未敬邪色不順邪辭不遜邪古人有言曰衣歟食歟曾不爾即子勞以事其親無此三者何爲無孝之名意者所友非仁人邪坐語汝雖有國士之力不能自舉其身非無力也勢不便也是以君子入則篤孝出則友賢何爲其無孝子之名詩曰父

毋孔邇

伯牙鼓琴鍾子期聽之方鼓琴志在山鍾子期曰善哉鼓琴巍巍乎如太山志在流水鍾子期曰善哉鼓琴洋洋乎若江河鍾子期死伯牙擗琴絕絃終身不復鼓琴以爲世無足與鼓琴也非獨琴如此賢者亦有之苟非其時則賢者將奚由得遂其功哉

秦攻魏破之少子亡而不得令魏國曰有得公子者賜金千斤匿者罪至十族公子乳母

與俱亡人謂乳母曰得公子者賞甚重乳母當知公子處而言之乳母應之曰我不知其處雖知之死則死不可以言也爲人養子不能隱而言之是畔上畏死吾聞忠不畔上勇不畏死凡養人子者生之非務殺之也豈可見利畏誅之故廢義而行詐哉吾不能生而使公子獨死矣遂與公子俱逃澤中秦軍見而射之乳母以身蔽之著十二矢遂不令中公子秦王聞之饗以太牢且爵其兄爲大夫

詩曰我心匪石不可轉也

子路曰人善我我亦善之人不善我我不善之子貢曰人善我我亦善之人不善我我則引之進退而已耳顔回曰人善我我亦善之人不善我我亦善之三子所持各異問於夫子夫子曰由之所持蠻貊之言也賜之所言朋友之言也回之所言親屬之言也詩曰人之無良我以爲兄

齊景公縱酒醉而解衣冠鼓琴以自樂顧左

右曰仁人亦樂此乎左右曰仁人耳目猶人何爲不樂乎景公曰駕車以迎晏子晏子聞之朝服而至景公曰今者寡人此樂願與大夫同之晏子曰君言過矣自齊國五尺巳上力皆能勝嬰與君所以不敢者畏禮也故自天子無禮則無以守社稷諸侯無禮則無以守其國爲人上無禮則無以使其下爲人下無禮則無以事其上大夫無禮則無以治其家兄弟無禮則不同居人而無禮不若遄死

景公色媿離席而謝曰寡人不仁無良左右淫湎寡人以至於此請殺左右以補其過晏子曰左右無過君好禮則有禮者至無禮者去君惡禮則無禮者至有禮者去左右何罪乎景公曰善哉乃更衣而坐觴酒三行晏子辭去景公拜送詩曰人而無禮胡不遄死

傳曰堂衣若扣孔子之門曰丘在乎丘在乎子貢應之曰君子尊賢而容衆嘉善而矜不能親内及外已所不欲勿施於人子何言吾

師之名焉堂衣若曰子何年少言之絞子貢曰大車不絞則不成其任琴瑟不絞則不成其音子之言絞是以絞之也堂衣若曰吾始以鴻之力今徒翼耳子貢曰非鴻之力安能舉其翼詩曰如切如磋如琢如磨

齊景公出弋昭華之池顏鄧聚主鳥而亡之景公怒而欲殺之晏子曰夫鄧聚有死罪四請數而誅之景公曰諾晏子曰鄧聚爲吾君主鳥而亡之是罪一也使吾君以鳥之故而

殺人是罪二也使四國諸侯聞之以吾君重鳥而輕士是罪三也天子聞之必將貶絀吾君危其社稷絶其宗廟是罪四也此四罪者故當殺無赦臣請加誅焉景公曰止此亦吾過矣願夫子爲寡人敬謝焉詩曰邦之司直

魏文侯問於解狐曰寡人將立西河之守誰可用者解狐對曰荆伯柳者賢人殆可文侯將以荆伯柳爲西河守荆伯柳問左右誰言我於吾君左右皆曰解狐荆伯柳往見解狐

而謝之曰子乃寬臣之過也言於君謹再拜謝解狐曰言子者公也怨子者吾私也公事已行怨子如故張弓射之走十步而沒可謂勇矣詩曰邦之司直

楚有善相人者所言無遺美聞於國中莊王召見而問焉對曰臣非能相人也能相人之友者也觀布衣者其友皆孝悌篤謹畏令如此者家必日益而身日安此所謂吉人者也觀事君者其友皆誠信有行好善如此者措

事曰益官職曰進此所謂吉臣者也人主朝臣多賢左右多忠主有失敗皆交爭正諫如此者國日安主日尊名聲日顯此所謂吉主者也臣非能相人也觀友者也王曰善其所以任賢使能而霸天下者始遇之於是也詩曰彼已之子邦之彥兮

孔子出遊少源之野有婦人中澤而哭其音甚哀孔子使弟子問焉曰夫人何哭之哀婦人曰鄉者刈蓍薪亡吾蓍簪吾是以哀也弟

子曰刈蓍薪而亡蓍簪有何悲焉婦人曰非傷亡簪也蓋不忘故也

傳曰君子之聞道入之於耳藏之於心察之以仁守之以信行之以義出之以遜故人無不虛心而聽也小人之聞道入之於耳出之於口苟言而已譬如飽食而嘔之其不惟肌膚無益而於志亦戾矣詩曰胡能有定

孔子與子貢子路顏淵游於戎山之上孔子喟然嘆曰二三子各言爾志予將覽焉由爾

何如對曰得白羽如月赤羽如朱擊鐘鼓者
上聞於天下槊於地使將而攻之惟由爲能
孔子曰勇士哉賜爾何如對曰得素衣縞冠
使於兩國之間不持尺寸之兵升斗之糧使
兩國相親如弟兄孔子曰辯士哉回爾何如
對曰鮑魚不與蘭茝同笥而藏桀紂不與堯
舜同時而治二子巳言回何言哉孔子曰回
有鄙之心顔淵曰願得明王聖主爲之相使
城郭不治溝池不鑿陰陽和調家給人足鑄

庫兵以爲農器孔子曰大士哉由來區區汝何攻賜來便便汝何使願得之冠爲子宰焉賢士不以恥食不以辱得老子曰名與身孰親身與貨孰多得與亡孰病是故甚愛必大費多藏必厚亡知足不辱知止不殆可以長久大成若缺其用不敝大盈若冲其用不窮大直若詘大辯若訥大巧若拙其用不屈罪莫大於多欲禍莫大於不知足故知足之足常足矣

孟子妻獨居踞孟子入戶視之白其母曰婦無禮請去之母曰何也曰踞其母曰何知之孟子曰我親見之母曰乃汝無禮也非婦無禮禮不云乎將入門將上堂聲必揚將入戶視必下不掩人不備也今汝往燕私之處入戶不有聲令人踞而視之是汝之無禮也非婦無禮也於是孟子自責不敢去婦詩曰采葑采菲無以下體

孔子出衛之東門逆姑布子卿曰二三子引

車避有人將來必相我者也志之姑布子卿亦曰二三子引車避有聖人將來孔子下步姑布子卿迎而視之五十步從而望之五十步顧子貢曰是何爲者也子貢曰賜之師也所謂魯孔丘也姑布子卿曰是魯孔丘歟吾固聞之子貢曰賜之師何如姑布子卿曰得堯之顙舜之目禹之頸皐陶之喙從前視之盎盎乎似有王者從後視之高肩弱脊此惟不及四聖者也子貢吁然姑布子卿曰子何

患焉汗面而不惡葭喙而不藉遠而望之纍乎若喪家之狗子何患焉子何患焉子貢以告孔子孔子無所辭獨辭喪家之狗耳曰丘何敢乎子貢曰汗面而不惡葭喙而不藉賜以知之矣不知喪家狗何足辭也子曰賜汝獨不見夫喪家之狗歟既斂而椁布器而祭顧望無人意欲施之上無明王下無賢士方伯王道衰政教失強陵弱衆暴寡百姓縱心莫之綱紀是人固以丘爲欲當之者也丘何

敢乎

脩身不可不愼也嗜慾侈則行虧讒毁行則害成患生於忿怒禍起於纖微汙辱難湔灑敗失不復追不深念遠慮後悔何益徼幸者伐性之斧也嗜慾者逐禍之馬也謾誕者趨禍之路也毁於人者困窮之舍也是故君子不徼幸節嗜慾務忠信無毁於一人則名聲尚尊稱爲君子矣詩曰何其處兮必有與也

君子之居也綏如安裘晏如覆杅天下有道

則諸侯畏之天下無道則庶人易之非獨今日自古亦然昔者范蠡行遊與齊屠地居奄忽龍變仁義沈浮湯湯慨慨天地同憂故君子居之安得自若詩曰心之憂矣其誰知之

田子方之魏魏太子從車百乘而迎之郊太子再拜謁田子方田子方不下車太子不說曰敢問何如則可以驕人矣田子方曰吾聞以天下驕人而亡者有矣由此觀之則貧賤可以驕人矣夫志不得則授履而適秦楚耳

安往而不得貧賤乎於是太子再拜而後退

田子方遂不下車

戴晋生弊衣冠而往見梁王梁王曰前日寡人以上大夫之禄要先生先生不留今過寡人邪戴晋生欣然而笑仰而永嘆曰嗟乎由此觀之君曾不足與遊也君不見大澤中雉乎五步一噣終日乃飽羽毛悦澤光照於日月奮翼爭鳴聲響於陵澤者何彼樂其志也援置之囷倉中常噣粱粟不旦時而飽然猶

羽毛憔悴志氣益下低頭不鳴夫食豈不善哉彼不得其志故也今臣不遠千里而從君遊者豈食不足竊慕君之道耳臣始以君爲好士天下無雙乃今見君不好士明矣辭而去終不復往

楚莊王使使賫金百斤聘北郭先生先生曰臣有箕箒之使願入計之即謂婦人曰楚欲以我爲相今日相即結駟列騎食方丈於前如何婦人曰夫子以織屨爲食食粥毚屨無

怵惕之憂者何哉與物無治也今如結駟列騎所安不過容膝食方丈於前所甘不過一肉以容膝之安一肉之味而殉楚國之憂其可乎於是遂不應聘與婦去之詩曰彼美淑姬可與晤言

傳曰昔戎將由余使秦秦繆公問以得失之要對曰古有國者未嘗不以恭儉也失國者未嘗不以驕奢也由余因論五帝三王之所以衰及至布衣之所以亡繆公然之於是告

内史王繆曰隣國有聖人敵國之憂也由余聖人也將奈之何王繆曰夫戎王居僻陋之地未嘗見中國之聲色也君其遺之女樂以婬其志亂其政其臣下必踈因爲由余請緩期使其君臣有間然後可圖繆公曰善乃使王繆以女樂二列遺戎王爲由余請期戎王大悅許之於是張酒聽樂日夜不休終歲婬縱卒馬多死由余歸數諫不聽去之秦秦公子迎拜之上卿遂并國十二辟地千里

子夏過曾子曾子曰入食子夏曰不爲公費乎曾子曰君子有三費飲食不在其中君子有三樂鐘磬琴瑟不在其中子夏曰敢問三樂曾子曰有親可畏有君可事有子可遺此一樂也有親可諫有君可去有子可怒此二樂也有君可喻有友可助此三樂也子夏曰敢問三費曾子曰少而學長而忘此一費也事君有功而輕負之此二費也久交友而中絶之此三費也子夏曰善哉謹身事一言愈

於終身之誦而事一士愈於治萬民之功夫人不可以不知也吾嘗菑焉吾田朞歲不收土莫不然何況於人乎與人以實雖踈必密與人以虛雖戚必踈夫實之與實如膠如漆虛之與虛如薄冰之見晝日君子可不留意哉詩曰神之聽之終和且平

晏子之妻使人布衣紵表田無宇譏之曰出於室何爲者也晏子曰家臣也田無宇曰位爲中卿食田七十萬何用是人爲畜之晏子

曰棄老取少謂之瞽貴而忘賤謂之亂見色而說謂之逆吾豈以逆亂瞽之道哉

夫鳳凰之初起也翾翾十步之雀喔咿而笑之及其升於高一詘一信展而雲間藩木之雀超然自知不及遠矣士褐衣緼著未嘗完也糲藿之食未嘗飽也世俗之士即以爲羞耳及其出則安百議用則延民命世俗之士超然自知不及遠矣詩曰正是國人胡不萬年

齊王厚送女欲妻屠牛吐屠牛吐辭以疾其友曰子終死腥臭之肆而已乎何爲辭之吐應之曰其女醜其友曰子何以知之吐曰以吾屠知之其友曰何謂也吐曰吾肉善而去若少耳吾肉不善雖以吾附益之尚猶賈不售今厚送子子醜故耳其友後見之果醜傳曰目如擗杏齒如編貝

傳曰孔子過康子子張子夏從孔子入坐二子相與論終日不決子夏辭氣甚隘顔色甚

變子張曰子亦聞夫子之議論邪徐言誾誾威儀翼翼後言先默得之推讓巍巍乎蕩蕩乎道有歸矣小人之論也專意自是言人之非瞋目搤腕疾言噴噴口沸目赤一幸得勝疾笑嗌嗌威儀固陋辭氣鄙俗是以君子賤之也

詩外傳卷第九

詩外傳卷第十

韓嬰

齊桓公逐白鹿至麥丘之邦遇人曰何謂者也對曰臣麥丘之邦人桓公曰叟年幾何對曰臣年八十有三矣桓公曰美哉與之飲曰叟盍爲寡人壽也對曰野人不知爲君王之壽桓公曰盍以叟之壽祝寡人矣邦人奉觴再拜曰使吾君固壽金玉之賤人民是寶桓公曰善哉祝乎寡人聞之矣至德不孤善言

必再叟壺優之邦人奉觴再拜曰使吾君好學士而不惡問賢者在側諫者得入桓公曰善哉祝乎寡人聞之至德不孤善言必三叟壺優之邦人奉觴再拜曰無使羣臣百姓得罪於吾君無使吾君得罪於羣臣百姓桓公不說曰此言者非夫前二言之祝叟其革之矣邦人潸然而涕下曰願君熟思之此一言者夫前二言之上也臣聞子得罪於父可因姑姊妹謝也父乃赦之臣得罪於君可使左

右謝也君乃赦之昔者桀得罪於臣也至今未有爲謝也桓公曰善哉寡人賴宗廟之福社稷之靈使寡人遇叟於此扶而載之自御以歸薦之於廟而斷政焉桓公之所以九合諸侯一匡天下不以兵車者非獨管仲也亦遇之於是詩曰濟濟多士文王以寧

鮑叔薦管仲曰臣所不如管夷吾者五寬惠柔愛臣弗如也忠信可結於百姓臣弗如也制禮約法於四方臣弗如也決獄折中臣弗

如也執枹鼓立於軍門使士卒勇臣弗如也詩曰濟濟多士文王以寧

晉文公重耳亡過曹里鳧須從因盜重耳資而亡重耳無糧餒不能行子推割股肉以食重耳然後能行及重耳反國國中多不附重耳者於是里鳧須造見曰臣能安晉國文公使人應之曰子尚何面目來見寡人欲安晉也里鳧須曰君沐邪使者曰否鳧須曰臣聞沐者其心倒心倒者其言悖今君不沐何言

之悖也使者以聞文公見之里鳧須仰首曰離國久臣民多過君君反國而民皆自危里鳧須又襲竭君之資避於深山而君以餒介子推割股天下莫不聞臣之爲賊亦大矣罪至十族未足塞責然君誠赦之罪與驂乘遊於國中百姓見之必知不念舊惡人自安矣於是文公大悅從其計使驂乘於國中百姓見之皆曰夫里鳧須且不誅而驂乘吾何懼也是以晉國大寧故書云文王卑服即康功

田功若里凫須罪無赦者也詩曰濟濟多士文王以寧

傳曰言爲王之不易也大命之至其太宗太史太祝斯素服執策北面而弔乎天子曰大命既至矣如之何憂之長也授天子策一矣曰敬享以祭永主天命畏之無疆厥躬無敢寧授天子策二矣曰敬之夙夜伊祝厥躬無怠萬民望之授天子策三矣曰天子南面受於帝位以治爲憂未以位爲樂也詩曰天難

忱斯不易惟王
君子温儉以求於仁恭讓以求於禮得之自
是不得自是故君子之於道也猶農夫之耕
雖不獲年之優無以易也大王亶甫有子曰
太伯仲雍季歷歷有子曰昌太伯知大王賢
昌而欲季爲後也太伯去之吳大王將死謂
曰我死汝往讓兩兄彼即不來汝有義而安
大王薨季之吳告伯仲伯仲從季而歸群臣
欲伯之立季季又讓伯謂仲曰今群臣欲我

立季季又讓何以處之仲曰刑有所謂矣要於扶微者可以立季季遂立而養文王文王果受命而王孔子曰太伯獨見王季獨知伯見父志季知父心故大王太伯王季可謂見始知終而能承志矣詩曰自太伯王季惟此王季因心則友則友其兄則篤甚慶載錫之光受禄無喪奄有四方此之謂也太伯反吴吴以爲君至夫差二十八世而滅

齊宣王與魏惠王會田於郊魏王曰亦有寶

乎齊王曰無有魏王曰若寡人之小國也尚
有徑寸之珠照車前後十二乘者十枚奈何
以萬乘之國無寶乎齊王曰寡人之所以爲
寶與王異吾臣有檀子者使之守南城則楚
人不敢爲寇泗水上有十二諸侯皆來朝吾
臣有盼子者使之守高唐則趙人不敢東漁
於河吾臣有黔夫者使之守徐州則燕人祭
北門趙人祭西門從而歸之者十千餘家吾
臣有種首者使之備盜賊而道不拾遺吾將

以照千里之外豈特十二乘哉魏王慙不懌而去詩曰辭之懌矣民之莫矣

東海有勇士曰菑丘訢以勇猛聞於天下遇神淵曰飲馬其僕曰飲馬於此者馬必死曰以訢之言飲之其馬果沈菑丘訢去朝服拔劒而入三日三夜殺三蛟一龍而出雷神隨而擊之十日十夜眇其左目要離聞之往見之曰訢在乎曰送有喪者往見訢於墓曰聞雷神擊子十日十夜眇子左目夫天怨不全

日人怨不旋踵至今弗報何也叱而去墓上振憤者不可勝數要離歸謂門人曰菑丘訢天下之勇士也今日我辱之人中是其必來攻我暮無閉門寢無閉戶菑丘訢果夜來拔劒住要離頸曰子有死罪三辱我以人中死罪一也暮不閉門死罪二也寢不閉戶死罪三也要離曰子待我一言來謁不肖一也拔劒不刺不肖二也刃先辭後不肖三也能殺我者是毒藥之死耳菑丘訢引劒而去曰嘻

所不若者天下惟此子爾傳曰公子目夷以辭得國今要離以辭得身言不可不文猶若此乎詩曰辭之懌矣民之莫矣

傳曰齊使使獻鴻於楚鴻渴使者道飲鴻瓁管潰失使者遂之楚曰齊使臣獻鴻鴻渴道飲瓁管潰失臣欲亡爲失兩君之使不通欲拔劒而死人將以吾君賤士貴鴻也瓁管在此願以汙事楚王賢其言辯其詞因留而賜之終身以爲上客故使者必矜文辭喻誠信

明氣志解結申屈然後可使也詩曰辭之懌矣

扁鵲過虢侯世子暴病而死扁鵲造宫曰吾聞國中卒有壤土之事得無有急乎曰世子暴病而死扁鵲曰入言鄭醫秦越人能治之庶子之好方者出應之曰吾聞上古醫曰弟父弟父之爲醫也以莞爲席以蒭爲狗北面而祝之發十言耳諸扶輿而來者皆平復如故子之方豈能若是乎扁鵲曰不能又曰吾

聞中古之爲醫者曰踰跗踰跗之爲醫也搦木爲腦芷草爲軀吹竅定腦死者復生子之方豈能若是乎扁鵲曰不能中庶子曰苟如子之方譬如以管窺天以錐刺地所窺者大所見者小所刺者巨所中者少如子之方豈足以變童子哉扁鵲曰不然事故有昧投而中蟁頭掩目而別白黑者夫世子病所謂尸蹷者以爲不然試入診世子股陰當溫耳焦焦如有啼者聲若此者皆可活也中庶子遂

入診世子以病報虢侯聞之足跣而起至門曰先生遠辱幸臨寡人先生幸而治之則糞土之息得蒙天地載長爲人先生弗治則先犬馬塡壑矣言未卒而涕泣沾襟扁鵲入砥鍼礪石取三陽五輸爲先軒之竈八拭之陽子同藥子明灸陽子游按磨子儀反神子越扶形於是世子復生天下聞之皆以扁鵲能起死人也扁鵲曰吾不能起死人直使夫當生者起死者猶可藥而况生乎悲夫罷君之

治無可藥而息也詩曰不可救藥言必亡而已矣

楚丘先生披蓑帶索往見孟嘗君孟嘗君曰先生老矣春秋高矣多遺忘矣何以教文楚丘先生曰惡君謂我老惡君謂我老意者將使我投石超距乎追車赴馬乎逐麋鹿搏豹虎乎吾則死矣何暇老哉將使我深計遠謀乎定猶豫而決嫌疑乎出正辭而當諸侯乎吾乃始壯耳何老之有孟嘗君赧然汗出至

踵曰文過矣文過矣詩曰老夫灌灌
齊景公游於牛山之上而北望齊曰美哉國
乎鬱鬱泰山使古而無死者則寡人將去此
而何之俯而泣沾襟國子高子曰然臣賴君
之賜疏食惡肉可得而食也駑馬柴車可得
而乘也且猶不欲死況君乎俯泣晏子曰樂
哉今日嬰之游也見怯君一而諛臣二使古
而無死者則太公至今猶存吾君方今將被
蓑笠而立乎畎畝之中惟事之恤何暇念死

乎景公慙而舉觴自罰因罰二臣

秦繆公將田而喪其馬求三日而得之於莖山之陽有鄙夫乃相與食之繆公曰此駮馬之肉不得酒者死繆公乃求酒徧飲之然後去明年晋師與繆公戰晋之左格右者圍繆公而擊之甲已墮者六矣食馬者三百餘人皆曰吾君仁而愛人不可不死還擊晋之左格右免繆公之死

傳曰卞莊子好勇毋無恙時三戰而三北交

游非之國君辱之卞莊子受命顔色不變及母死三年魯興師卞莊子請從至見於將軍曰前猶與母處是以戰而北也辱吾身今母没矣請塞責遂走敵而鬭獲甲首而獻之請以此塞一北又獲甲首而獻之請以此塞再北將軍止之曰足不止又獲甲首而獻之曰請以此塞三北將軍止之曰足請爲兄弟卞莊子曰夫北以養母也今母殁矣吾責塞矣吾聞之節士不以辱生遂奔敵殺七十人而

死君子聞之曰三北已塞責又滅世斷宗士節小具矣而於孝未終也詩曰靡不有初鮮克有終

天子有爭臣七人雖無道不失其天下昔殷王紂殘賊百姓絶逆天道至斮朝涉刳孕婦脯鬼侯醢梅伯然所以不亡者以其有箕子比干之故微子去之箕子執囚爲奴比干諫而死然後周加兵而誅絶之諸侯有爭臣五人雖無道不失其國吳王夫差爲無道至驅

一市之民以葬闔閭然所以不亡者有伍子胥之故也胥以死越王勾踐欲伐之范蠡諫曰子胥之計策尚未忘於吳王之腹心也子胥死後三年越乃能攻之大夫有爭臣三人雖無道不失其家季氏爲無道僭天子舞八佾旅泰山以雍徹孔子曰是可忍也孰不可忍也然不亡者以冉有季路爲宰臣也故曰有諤諤爭臣者其國昌有默默諛臣者其國亡詩曰不明爾德時無背無側爾德不明以

無陪無卿言大王咨嗟痛殷商無輔弼諫諍之臣而亡天下矣

齊桓公出遊遇一丈夫褎衣應步帶著桃殳桓公怪而問之曰是何名何經所在何篇所居何以斥逐何以避余丈夫曰是名二桃桃之爲言亡也夫日日慎桃何患之有故亡國之社以戒諸侯庶人之戒在於桃殳桓公說其言與之共載來年正月庶人皆佩詩曰殷監不遠

齊桓公置酒令諸侯大夫曰後者飲一經程管仲後當飲一經程飲其一半而棄其半桓公曰仲父當飲一經程而棄之何也管仲曰臣聞之酒入口者舌出舌出者棄身與其棄身不寧棄酒乎桓公曰善詩曰荒湛于酒

齊景公遣晏子南使楚楚王聞之謂左右曰齊遣晏子使寡人之國幾至矣左右曰晏子天下之辯士也與之議國家之務則不如也與之論往古之術則不如也王獨可以與晏

子坐使有司束人過王王問之使言齊人善盜故束之是宜可以困之王曰善晏子至即與之坐圖國之急務辨當世之得失再舉再窮王默然無以續語居有間束徒以過之王曰何爲者也有司對曰是齊人善盜束而詣吏王欣然大咲曰齊乃冠帶之國辯士之化固善盜乎晏子曰然固取之王不見夫江南之樹乎名橘樹之江北則化爲枳何則地土使然爾夫子處齊之時冠帶而立儼有伯夷

之廉今居楚而善盜意土地之化使然爾王又何怪乎詩曰無言不讐無德不報

吳延陵季子遊於齊見遺金呼牧者取之牧者曰子居之高視之下貌之君子而言之野也吾有君不君有友不友當暑衣裘君疑取金者乎延陵子知其爲賢者請問姓字牧者曰子乃皮相之士也何足語姓字哉遂去延陵季子立而望之不見乃止孔子曰非禮勿視非禮勿聽

顏淵問於孔子曰淵願貧如富賤如貴無勇而威與士交通終身無患難亦且可乎孔子曰善哉回也夫貧而如富其知足而無欲也賤而如貴其讓而有禮也無勇而威其恭敬而不失於人也終身無患難其擇言而出之也若回者其至乎雖上古聖人亦如此而已

齊景公出田十有七日而不反晏子乘而往比至衣冠不正景公見而怪之曰夫子何遽乎得無有急乎晏子對曰然有急國人皆以

君爲惡民好禽臣聞之魚鼈厭深淵而就乾淺故得於釣網禽獸厭深山而下於都澤故得於田獵今君出田十有七日而不反不亦過乎景公曰不然爲賓客莫應待邪則行人子牛在爲宗廟而不血食邪則祝人太宰在爲獄不中邪則大理子幾在爲國家有餘不足邪則巫賢在寡人有四子猶有四肢也而得代焉不可患焉晏子曰然人心有四肢而得代焉則善矣令四肢無心十有七日不死

乎景公曰善哉言遂援晏子之手與驂乘而
歸若晏子者可謂善諫者矣
楚莊王將興師伐晋告士大夫曰敢諫者死
無赦孫叔敖曰臣聞畏鞭箠之嚴而不敢諫
其父非孝子也懼斧鉞之誅而不敢諫其君
非忠臣也於是遂進諫曰臣園中有榆其上
有蟬蟬方奮翼悲鳴欲飲清露不知螳蜋之
在後曲其頸欲攫而食之也螳蜋方欲食蟬
而不知黄雀在後舉其頸欲啄而食之也黄

雀方欲食螳蜋不知童子挾彈丸在下迎而欲
彈之童子方欲彈黃雀不知前有深坑後有
窟也此皆言前之利而不顧後害者也非獨
昆蟲衆庶若此也人主亦然君今知貪彼之
土而樂其士卒國不怠而晉國以寧孫叔敖
之力也
晉平公之時藏寶之臺燒士大夫聞皆趨車
馳馬救火三日三夜乃勝之公子晏子獨束
帛而賀曰甚善矣平公勃然作色曰珠玉之

所藏也國之重寶也而天火之士大夫皆趨
車走馬而救之子獨束帛而賀何也有說則
生無說則死公子晏子曰何敢無說臣聞之
王者藏於天下諸侯藏於百姓商賈藏於篋
匱今百姓之於外短褐不蔽形糟糠不充口
虛而賦歛無已收太半而藏之臺是以天火
之且臣聞之昔者桀殘賊海內賦歛無度萬
民甚苦是故湯誅之爲天下戮笑今皇天降
災於藏臺是君之福也而不自知變悟亦恐

君之爲隣國笑矣公曰善自今已往請藏於
百姓之間詩曰稼穡維寶代食維好
魏文侯問里克曰吳之所以亡者何也里克
對曰數戰而數勝文侯曰數勝國之福也其
獨亡何也里克對曰數戰則民疲數勝則主
驕驕則恣恣則極上下俱極吳之亡猶晚矣
此夫差所以自喪於干遂詩曰天降喪亂滅
我立王
楚有士曰申鳴治園以養父母孝聞於楚王

召之申鳴辭不往其父曰王欲用汝何謂辭之申鳴曰何舍爲子乃爲臣乎其父曰使汝有祿於國有位於廷汝樂而我不憂矣我欲汝之仕也申鳴曰諾遂之朝受命楚王以爲左司馬其年遇白公之亂殺令尹子西司馬子期申鳴因以兵之衛白公謂石乞曰申鳴天下勇士也今將兵爲之奈何石乞曰吾聞申鳴孝也刼其父以兵使人謂申鳴曰子與我則與子楚國不與我則殺乃父申鳴流涕

而應之曰始則父之子今則君之臣已不得爲孝子矣安得不爲忠臣乎援桴鼓之遂殺白公其父亦死焉王歸賞之申鳴曰受君之祿避君之難非忠臣也正君之法以殺其父又非孝子也行不兩全名不兩立悲夫若此而生亦何以示天下之士哉遂自刎而死詩曰進退惟谷

昔者太公望周公旦受封而見太公問周公何以治魯周公曰尊尊親親太公曰魯從此

弱矣周公問太公曰何以治齊太公曰舉賢賞功周公曰後世必有刼殺之君矣後齊日以大至於霸二十四世而田氏代之魯日以削三十四世而亡猶此觀之聖人能知微矣詩曰惟此聖人瞻言百里

詩外傳卷第十終